光荣与梦想——"大语文"系列丛书总序

穿过一丛金色的墨西哥橘，六岁的小红豆头戴粉盔，骑着一辆有辅助轮的浅粉色自行车前行。在她身后跟着三岁的小青豆，蓝色背心、蓝色头盔，滑动着一辆海军蓝滑板车。

在温哥华的这个浅蓝清晨，我望着女儿红豆和儿子青豆的背影，捏紧了久违的轻快心情。此刻我的另一个儿子在太平洋彼岸舒展着拳脚，已经名扬神州、纵横四海，他就是十二岁的大语文。

那一年际遇喜人，没落的大宋皇裔赵伯奇当时正是北大游泳队队长，俊美倜傥的郭华粹正要从不列颠返回国内，出身文坛世家的陈思正将从哈佛启程，卸任了校学生会主席的朱雅特正要入住北大教育系设在万柳的高级学生公寓，而这套书的主要执笔人——我的表弟张国庆，也正在收拾行囊欲来北京助我成就大事……那一年的我们，大多毕业于北大、北师大的中文系，本有着大不相同的人生规划，却因为我许下了五个耀眼的愿望，如埋下一粒豆子作为种子，而相聚在一起，簇拥着走出了同一条人生轨迹。

那一年，种瓜得瓜，种豆得"神"。神奇的大语文诞生。

五个愿望：一愿我们投身于校外教育，把语文课变得有意思；二愿将大语文课程商业化，以丰厚的回报让大语文家庭过上富足而体面的生活，同时也让更多卓越人才敢于加入大语文战队；三愿大语文课程走向全国，使更多孩子受益；四愿大语文课程进入学校，深度补充和影响校内语文教育；五愿大语文走向世界，吸引更多华裔或其他学习者，使其对中国文学文化乃至世界文学文化产生较浓兴趣。

这是多么光荣的梦想。被商业繁荣笼罩着的华彩世界里，我们愿意燃烧年轻的生命，去照亮大语文，或是做烛去点亮大语文。

十二年后，我们作为一家颇具潜力的上市公司被广泛关注，原打算用一生去交换的五个愿望也开始一一实现。欢喜之余，我也冷静了下来。我对队伍说，我开始不甘心只为一时而绽放，我想留下些许我们的代表作，让这些被汗水泪水浸泡着的奋斗所产生的价值能够长久留存。

那么，什么才能做到长久留存？战国时期最伟大的弩机大师也随弩的入土而不闻于世，而孟子的浩然之气、庄子的逍遥自由却总让千年后的人们神往。历代精美的琉璃制品、珍珠黄金、武艺枪械、米铺碾坊，都随大江

主编◎窦昕

一套写给中小学生的文学史

乐死人的文学史

元代篇

石油工业出版社

《乐死人的文学史》编委会

主　　编　窦　昕

执行主编　赵伯奇　　张国庆

豆神大语文名师编审委员会
　　　　　窦　昕　　赵伯奇　　朱雅特
　　　　　张国庆　　殷程其　　魏梦琦
　　　　　许　龙

编　　者　白　玲　　孙　丽　　刘　飞
　　　　　陈吉赫　　隋　妍　　梁　燕
　　　　　董　顿

东去；罗摩与神猴、罗密欧与朱丽叶、《西游记》与《水浒传》、雨果与歌德、马克·吐温与杰克·伦敦才会百年千年流传。

锐意进取、诚信无欺，精良的产品确可以建立百年老店。

回归率真、淡泊功利，生动的文化才能够成就千载流传。

放下商业思维，忘记市场需求、获客成本等并无长久意义的盘算，回到我们出发时的初衷：我们为何而来，我们欲往何处？我们只想做能够千载流传的好东西。

于是在大语文这个儿子步入青春期之时，我们有了新的憧憬，可以命名为"新五大梦想"。第一，完成整套"大语文"系列丛书的出版，囊括校内学习、文学文化、写作技巧、课外阅读、非母语者的汉语学习等诸多内容，为语文教育和中国文学文化推广普及做出些微贡献。第二，以教育的视角，制作一部部精良的动漫剧集或真人影视剧，使千年来文学文化史上的关键信息和核心内容得以如"大河小说"一般地记录。第三，以教育的视角，建立一个个还原各朝代各国家的互动式文化体验馆，以浸入式话剧及其他高科技交互方式，使孩子们能够生动浸入、体验到大语文课本中讲述的各个时空场景。第四，研发一系列语文学科的人工智能学习工具，使学生在学语文时遇到的绝大多数问题能够得以低成本、高精度解决。第五，牵头制定一项标准，该项标准能将所有汉语使用者（包括母语学习者、华裔非母语学习者、其他族裔非母语学习者、使用汉语的计算机软件）的汉语水平（尤其是对汉语背后的文化认知水平）在同一体系内进行评价。

又是一粒愿望的豆子种下去，遥望，又是数十年。不知又一个或几个十二年之后，我们这个队伍可将"新五大梦想"一一实现。有了"回归率真、淡泊功利，生动的文化才能够成就千载流传"这样的"大语文精神"，我也衷心希望大语文团队能够永秉对语文教育的赤诚之心，将这星星之火种永传下去，不论熊熊烈焰或微弱火苗，皆然。

所幸，多年前我的几位学生，也已陆续加入了大语文战队，看来当年埋在他们少年时代的梦想种子已经发芽。种瓜得瓜，种豆得"神"。

小红豆喜欢绘画，她说她要和我合作画一本绘本。"会赚很多钱，然后送给你。"她说。我问："爸爸平时也不花钱，要那么多钱做什么呢？"小红豆一笑嫣然，说："你可以用来制作更多的书啊！"

这真是种豆得"神"了。

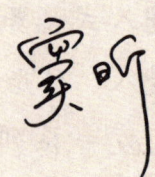

阅读说明

TA这一辈子 再现作家的漫漫人生路,从大文豪的出身家世讲到临终之际。你想知道的名人趣事和八卦,这里应有尽有。

闪亮登场 展示作品中主要人物的身份资料,看故事之前先记住人物的关键信息。

剧透先锋 原文太长读不完?没关系,我们告诉你这些经典作品"就是这么回事儿"!

超级访谈 与重量级作家面对面交流,让名家亲自讲述动人的故事。我们耳熟能详的诗篇背后,是一把辛酸泪还是没心没肺的大笑?答案就在《超级访谈》!

特别推荐 《超级访谈》还没看过瘾?《特别推荐》继续由名人为你讲解他的得意之作或者其他大家的千古名篇,揭秘创作背景,透析作品灵魂!

文苑杂谈 深挖作者、作品之外的文学知识。古人怎么取名和字？诗词中曝光率最高的楼阁有哪些？读完《文苑杂谈》，你就是文学常识小百科。

欢 乐 谷 轻松一刻，用搞笑的四格漫画调侃作家或作品。嘘！千万别笑太大声，不然旁边的人还以为你读书读傻了呢！

七嘴八舌 作家的好朋友是怎么评价他的？作品中提到的人也有话要说？听大家七嘴八舌聊一聊，从不同的角度了解作家和作品。

目录

元代文坛 ································· 1

关汉卿　铜豌豆成精 ··············· 9

马致远　写散曲的"神仙" ········ 27

张可久　仕途坎坷的大红人 ······ 43

张养浩　当大官的写散曲 ········· 59

《窦娥冤》 生得可怜，死得憋屈 …………… 75

《西厢记》 不要包办，自由恋爱 …………… 91

《倩女离魂》 到底是美女还是鬼 …………… 105

《墙头马上》 天下有情人终成眷属 …………… 121

《汉宫秋》 一个画师引发的家国悲剧 …………… 137

《琵琶记》 忠孝两全真的好难 …………… 153

元代概况

宋金之际，在北方的蒙古高原上，蒙古各部落正在互相争斗。1206年，乞颜部落的首领铁木真成功征服其他部落，统一蒙古草原，建立了蒙古帝国，而铁木真也被尊称为成吉思汗，意思是"拥有四海的王"。

1260年，成吉思汗的孙子忽必烈继承王位。在他的指挥下，蒙古帝国消灭了周边诸多国家，并于1271年定国号为大元，第二年定都北京（当时称为大都）。1279年，元军攻破临安，南宋灭亡。

元代是中国古代疆域最为辽阔的朝代：东到朝鲜，西临欧洲，北到西伯利亚，南到南海。几乎每个中国人在第一次看见元代地图的时候都会发出"哇——"的一声。

相比唐宋两代，元代的科举制度不算规范，经历了漫长的停顿。以元仁宗为例，在他第一次恢复科举考试时，北京地区的科举已经停顿了近100年，南方地区的科举考试也停顿了近50年。没多久，元仁宗又把科举考试给中断了。整个元代，进士总人数也就千余。据统计，

元代文坛

宋代的进士总人数有十几万人，相差这么多，可见元代文人想通过科举当官得有多难。再加上元代统治者按照地域和种族来进行管理，汉族人地位较低，所以，当时的很多汉族读书人便将精力转向写书、教书和文化创作。这也在客观上促进了元代文学的通俗化。

中国古代提倡重农轻商，统治者都重视发展农业，压抑商业。元代统治者却不这样，不但重视农业，还鼓励商业经营，使得商贸飞速发展、城市迅速扩大。当时的大都、杭州都是热闹繁华的大城市，人口规模达到四五十万。这样的大城市给通俗文学的发展提供了肥沃的土壤。

用来演出的元代戏剧

虽然我们现在常说元杂剧，但实际上，杂剧在宋金时期就已经出现了。当时还出现了名为"诸宫调"和"唱赚"的说唱艺术，也为元杂剧的发展繁荣奠定了基础。元代大城市的经济繁荣，产生了大量的市民阶层，他们在工作之余自然想要进行消遣娱乐，当时就出现了很多被称为"勾栏瓦舍"的娱乐场所。再加上当时文人地位低下，不能通过科举改变自己的命运，便把自己的才华施展在写杂剧上，用杂剧来表达自己心中的不满。就这样，各种原因凑在一起，杂剧就在元代进入了辉煌时期。

元杂剧属于戏曲，是一种把诗歌、音乐、舞蹈、宾白结合起来，讲述一个完整故事的表演艺术。元杂剧的剧本结构一般是一本四折，有的还有楔子。一折就是故事剧情的一个部分，四折大致相当于开端、发展、高潮和结局。所谓楔子，也就是四折之外的一个短小、独立的自然段落，用来补充故事，可以放在第一折之前，也可以放在折与折中间。剧本正文最后，通常是用两句或者四句对句来概括全剧的内容，最后一句多是此剧的全称。而此句的末3字或4字多为此剧的简称。比如《汉宫秋》剧本的最后：

沉黑江明妃青冢恨，破幽梦孤雁汉宫秋

最后一句就是杂剧的全称，"汉宫秋"是剧本的简称。

元杂剧的剧本内容由曲词、宾白、科范三个部分组成。杂剧作为戏曲，主要是得唱出来，而曲词就是其中最重要的组成部分，曲词的前面会标明宫调与曲牌名称，比如【正宫端正好】，它的作用就是对曲词做出韵律的要求，说明这首曲子要用什么调来唱。宾白，简称为白，是剧中人物的道白，也就是剧里的人物念出来的部分。科范，又简称科，是说明剧中人物的动作表情和音响效果的，比如"把盏科"，就是要求演员做出拿起酒杯的动作。

元杂剧里的角色类型一般可以分为旦、净、末、杂四个大类。元杂剧里扮演男主角并主唱的角色行当叫正末。扮演女主角并主唱的角色行当叫正旦。在一个杂居戏班里，同一个唱曲的演员有时候既要扮男人，又要扮女人。正旦、正末以外的其他角色都不唱曲，只演戏。

杂剧在元代非常流行，不管是南方还是北方，都有不少人是它的忠实粉丝。但元代戏剧可不仅是指杂剧，还包括南戏，也就是当时只在南方流行的一种戏剧，跟杂剧差不多。在元代末期，南戏发展繁盛，与杂剧互相交流，促进了中国戏曲的转变，为明代杂剧、传奇小说的发展奠定了基础。所以，南戏虽然没有杂剧有名，但也是元代文学中非常重要的部分。

与杂剧齐名的元散曲

"凡一代有一代之文学：楚之骚，汉之赋，六代之骈语，唐之诗，宋之词，元之曲，皆所谓一代之文学，而后世莫能继焉者也。"王国维先生的意思是每个时代都有它的代表性文学，战国时有离骚，汉代时有赋，六代时有骈语，唐代时有诗，宋代时有词，元代时有曲，这些都是各个时代的代表性文学，后世没有能比得上的。这里的元曲不仅指杂剧，也包括散曲。

散曲之所以被称为"散"，是跟元杂剧相对而言的。杂剧是用好多曲子来讲一个故事，这些曲子凑在一起，相当于一个整体。而散曲只相当于杂剧中的一个小唱段，不是一个完整的故事。散曲不讲故事，偏重抒情。

散曲的出现与当时音乐的变化有直接关系。元代时，北方少数民族的音乐传到中原，与中原音乐相结合，产生了很多新的音乐曲调。有了新的曲调，自然就得有新的歌词。

散曲是诗歌的一种，但它的形式比诗歌更灵活。比如，它的语言明快自然、通俗易懂，常常会使用一些口语；它的押韵也不像诗歌那样严格，比较多变。

散曲可以分为三类，分别是小令、带过曲和套数。要分清他们的区别，就得先搞清楚宫调和曲牌名。散曲既然是诗歌能演唱，那么就有曲调，散曲的曲调就叫曲牌，也就是这首散曲用什么旋律演唱，类似于词的词牌。

如今我们能看到的散曲曲牌有四百多个，而这些曲牌又分属于十几个不同的宫调。对于什么是宫调直到现在还众说纷纭，比较主流的说法是这些宫调按照音高的不同，把许多适用于共同演唱的曲牌作为一类，放在一起。

小令就是用一个宫调下的一个曲牌写成的一首短曲，几句话就写完了，没有什么情节，看起来像一首短小的宋词。套数又名套曲，由好多首曲牌不同的小令组合而成，但是这些曲牌必须都属于同一个宫调。带过曲介于小令和套数之间，由同一个宫调下不同曲牌的几首小令组成，但是曲牌数量不能超过三个。

跟诗歌一样，散曲的种类很多，歌咏男女爱情、描绘自然风光、感慨人情世态、揭露社会黑暗、抒发隐逸之思等，应有尽有。按照风格来说，散曲大概可以分成两类。一般来说，元代延祐年之前散曲的风格大多是豪旷，比较真率自然。延祐年之后出现的散曲风格则以婉丽居多，作家们往往雕琢字句，追求典雅工整，最终使元散曲失去了鲜活灵动的特色，走向了衰落。

关汉卿

铜豌豆成精

关汉卿（1219年—1301年[①]），号已斋[②]

称　　号：“曲圣”"元曲四大家"之一
籍　　贯：大都（今北京市）[③]
代表作：《窦娥冤》《单刀会》《不伏老》

[①] 关汉卿生平不详，此处采用最普遍的观点。
[②] 也有人说关汉卿号一斋。
[③] 也有人说他是解州（在今山西省运城市）人或者祁州（在今河北省安国市）人，此处采用《录鬼簿》的观点。

TA这一辈子

关汉卿这辈子

关汉卿可是元代文学史上一个绕不过去的人,他是元代杂剧的奠基人,和白朴、马致远、郑光祖一起被称为"元曲四大家①",也被称为"曲圣",连王国维都认为其"言曲尽人情",且"字字本色",故堪称元人第一"。

医生也来写戏曲

关汉卿出生在一个医户家庭,生活条件比一般的百姓好一点儿,所以才有幸接受了比较好的教育,为他以后创作杂剧和散曲奠定了基础。好端端的一个医生,为什么要去写杂剧呢?据《录鬼簿》记载,元代统一全国之后,按照关汉卿行医世家的出身,他被政府编入太医院户。但是,医户只是元代的一种专业户籍,有这种户籍的人可以免除各种杂税和差役,但实际上还是一个普通的平民百姓,生活并不十分宽裕。所以,关汉卿去写杂剧,跟鲁迅先生的弃医从文可大不一样,并非为了拯

---

① 另一说法认为元曲四大家是指关汉卿、白朴、马致远、王实甫。

救国民精神,纯粹是为了赚钱谋生。

社交达人

关汉卿不仅是个著名的散曲家,也是一个社交达人。南宋和蒙古联合起来消灭了金后不久,关汉卿就开始专门从事戏剧活动,不光自己写杂剧,还亲自登台演出。这段日子里,他结识了不少有名的散曲家、剧作家,比如王和卿、杨显之等。据《录鬼簿》记载,杨显之和关汉卿是莫逆之交,"凡有文辞,与公较之"。关汉卿每次

写了新剧本，都要拿给杨显之看，让他给自己提意见，杨显之也不小气，给了关汉卿不少好的建议。所以，杨显之就多了一个外号，叫"杨补丁"。

后来，蒙古灭亡了南宋，大批北方的剧作家和表演家为了谋生，都纷纷南下。关汉卿跟着这些人到了扬州、杭州等地方，继续进行戏曲创作。同时，他也结识了不少人，其中最有名的是一位叫珠帘秀的女子。她是中国元代早期的杂剧女演员之一，当时"名公文士颇推重之"，可见当时她在元杂剧演员中的地位极高。元代后辈艺人也称其为"朱娘娘"。珠帘秀为关汉卿的艺术创作提供了很多帮助，关汉卿还专门为她写了一首散曲《赠珠帘秀》，夸赞她是"十里扬州风物妍，出落着神仙"。

元代杂剧奠基人

关汉卿是中国文学史和戏剧史上一位伟大的作家，他在世时，就已经是元代戏曲界的领袖人物。举个例子，我们现在称李商隐和杜牧为"小李杜"，一方面说明这两个人很厉害，另一方面也说明"大李杜"——李白和杜甫——更是大牛人。关汉卿在元代戏曲中的地位就跟李白、杜甫在唐诗中的地位差不多。当时有个著名的杂剧作家高文秀，就被称为"小汉卿"，还有一个著名杂剧作家沈和甫，被称为"南关汉卿"，可见关汉卿在元代时地位就非常高。

关汉卿是元代杂剧的奠基人，他写的《窦娥冤》被王国维称赞为"列之于世界大悲剧中亦无愧色"，是中国古典悲剧的典范，为后世提供了许多宝贵的艺术经验。1958年，关汉卿被世界和平理事会定为"世界文化名人"，北京还以纪念"关汉卿戏剧创作七百年"为主题隆重举行了各种活动。

真假隐居

曹植

哈哈哈哈哈哈,关老弟,可真有你的!哈哈哈哈哈哈!

怎么了?停!你别笑了,发生什么事儿了?

关汉卿

曹植

我今天路过勾栏,听见里面在唱曲儿,叫《不伏老》,说什么锤不烂的铜豌豆。太好玩了!我正想着结交一下这首曲子的作者呢,谁知道就是你啊,哈哈哈哈哈,太有意思了!我喜欢!当时我哥让我七步成诗,我也想到了豆子,但我怎么就没像你这么写呢,要是写成你这样,估计能把我哥气死!

幸亏你没写成我这样,要不然你哥还没被你气死呢,你就得先被他杀掉了。你也不看看我俩的处境,我现在生活的这个时代,汉族文人地位多低啊,我可是再也忍不下去了,非得发泄一下才行,但不管怎么发泄,总是没有性命之忧

关汉卿

关汉卿

的。你呢,你哥是君王,伴君如伴虎,一个不小心就能把自己的小命给送了。行了行了,我还以为你找我什么事儿呢。要是没别的事儿,你就赶紧走吧,我正琢磨着写一个新剧本呢,你可别打扰我。

曹植

别别别,我来找你可是有正事儿的。前两天,我看了你的一首散曲,写得真不错,叫《四块玉·闲适》:

适意行,安心坐,
渴时饮饥时餐醉时歌。困来时就向莎茵卧。
日月长,天地阔,闲快活。
旧酒投,新醅泼,
老瓦盆边笑呵呵。共山僧野叟闲吟和。
他出一对鸡,我出一个鹅,闲快活。

描写的这种生活太美了吧,闲适自在,想吃就吃,想睡就睡,平时还有山僧野叟陪着聊天,太快活了!

得了,别夸我了,赶紧说什么事儿吧!

关汉卿

超级访谈

曹植：其实我是有个问题想问问你。据我所知,你们元代文人的地位可不怎么高啊,不像我们那个时代,文人就是治理国家的主力军。你们生活得这么惨,怎么还有心思写隐居生活呢?这种心态也太乐观了吧。

关汉卿：唉,这个问题还挺有意思。你说的没错,我们这个时代的文人确实地位很低,生活比较艰难,所以才有那么多人去写杂剧,一来可以解决生存问题,二来可以借此讽刺、揭露社会黑暗。与此同时,也有很多文人对社会失望至极,希望能隐居山林,不用再理会这些社会黑暗,也就出现了很多以"隐居"为主题的散曲。实际上,写出这些散曲的文人并不一定真的向往隐居,只是借散曲来表达自己对隐居的期望而已。

曹植：啊?这样啊。我明白了,这不就是"假隐居"吗?之前还以为你非常洒脱呢,原来心里也这么憋屈啊。

没办法,这个时代就是这样嘛,只能自己调整心态了。

关汉卿

曹植

厉害!我打算向你学习,回去也写点儿"假隐居"的散曲来抒发我的心意!

特别推荐

洒脱才是真英雄！

前几天，老朋友杨显之来拜访我，说家里穷得揭不开锅了，可我也没几个钱，帮不了他太多，真是太难过了。唉，现在这世道，统治者看不起文人，尤其是汉族文人，连科举考试都给中断了，真是不给我们汉族文人留条活路啊。还有人说什么"九儒十丐"，读书人竟然只比乞丐高一点，就算做官也只能做个小官，真是气死人啊！

哼，我绝不会遂了他们的愿。其他文人怎么样我不管，我只要自个儿活得潇洒、高兴！我要写一篇套数，就叫《不伏老》，最后一段我要这么写：

我是个蒸不烂、煮不熟、捶不匾①、炒不爆、响珰珰（dāng）一粒铜豌豆，恁子弟每，谁教你钻入他锄不断、斫（zhuó）不下、解不开、顿不脱、慢腾腾千层锦套头②。我玩的是梁园月，饮的是东京酒，赏的是洛阳花，攀的是章台柳。我也会围棋、会蹴（cù）鞠（jū）③、

---

① 匾：同"扁"。
② 锦套头：美丽的圈套。
③ 蹴鞠：古代的一种游戏，相当于现代的足球。

会打围①、会插科②、会歌舞、会吹弹、会咽作③、会吟诗、会双陆④。你便是落了我牙、歪了我嘴、瘸了我腿、折了我手，天赐与我这几般儿歹症候，尚兀自不肯休！则除是阎王亲自唤，神鬼自来勾。三魂归地府，七魄丧冥幽。天哪！那其间才不向烟花路儿上走！

我是一粒蒸不烂、煮不熟、捶不扁、炒不爆、响当当的铜豌豆，那些风流浪子们，谁让你们钻进那锄不断、砍不下、解不开、摆不脱、慢腾腾、好看又心狠的千层圈套中呢？我赏玩的是梁园的月亮，畅饮的是东京的美酒，观赏的是洛阳的牡丹，与我做伴的是章台的美女。

① 打围：集体狩猎。
② 插科：戏曲演出中穿插一些滑稽的动作和谈话，引人发笑。
③ 咽作：类似吟诗的一种技艺。
④ 双陆：古代的一种博具，是一种类似飞行棋的游戏，如今已失传。

特别推荐

我也会围棋、会踢球、会狩猎、会插科打诨，还会唱歌跳舞、会吹拉弹奏、会唱曲、会吟诗作对、会玩棋牌。你即便是打落了我的牙、扭歪了我的嘴、打瘸了我的腿、折断了我的手，老天赐给我的这些习惯，我还是不肯悔改。除非是阎王爷亲自传唤，神和鬼自己来捕捉我，我的三魂七魄都丧入了黄泉。天啊，到那个时候，我才有可能不往那些烟花场所去。

哼，我这一生，就要过得潇洒狂傲、顽强乐观，除非我死了去见阎王！

敢抗争才是真女子！

元代的时候，统治者并不重视文人，连带着也不重视儒家思想，所以当时的人们越来越不重视儒家的各种礼义道德，常常会做出很多惊世骇俗的事情。再加上当时的文人社会地位很低，空有一肚墨水，却无报国济世之门，遇到社会不公，难免产生抗争心理，所以他们笔下的主人公，大部分都是一些敢于抗争的人，比如关汉卿在《窦娥冤》里塑造的窦娥。而像窦娥这样勇敢的女性，在元杂剧里并不少见。

又如关汉卿写的另一篇杂剧，名叫《赵盼儿风月救风尘》。它讲了这么一个故事：有一个女子，叫宋引章，她本来喜欢一个被称为安秀才的人，打算嫁给他。可是后来她又遇到一个纨绔子弟，名叫周舍，周舍对宋引章特别好，整天说着甜言蜜语，宋引章就被他迷惑，嫁给了他。结果呢，俩人一结婚，周舍就露出了真面目，每天都虐待宋引章，还把她囚禁起来，不让她出门。宋引章实在受不了，就偷偷给自己的好姐妹赵盼儿写了一封信，求她来救自己。

赵盼儿一接到信，马上就开始准备。她把自己打扮

文苑杂谈

得特别漂亮,去找周舍,说自己特别喜欢他,自愿嫁给他。周舍一看,这么一个大美人说要嫁给自己,心里那个高兴啊,马上就同意了。但赵盼儿提出一个条件,就是要先把宋引章休了,她才愿意嫁。周舍有点犹豫,宋引章就故意和他吵架,周舍烦得不行,一怒之下写了休书,将宋引章赶走了。赵盼儿和宋引章赶紧离开了这个是非之地。安全起见,赵盼儿把宋引章手里的休书换成了假休书。

但是,周舍并不傻,他也有所提防,很快就发现赵盼儿跑了,就带着人去追赵盼儿和宋引章。追到以后,周舍还把那封休书给撕了,将她们俩告到了官府,说赵盼儿拐卖人口。赵盼儿也不服气,反过来状告周舍强占别人的妻子,叫来安秀才作证,又把从周舍那里换来的真休书拿出来给县令看。县令一看,赵盼儿证据充足,就把周舍打了一顿,又把赵盼儿和宋引章放了。宋引章

和安秀才结了婚。

赵盼儿这样一个弱女子,却敢和周舍这种纨绔子弟正面对抗,可见她有多么勇敢。而关汉卿把赵盼儿作为自己杂剧的主角,可见关汉卿对于这种抗争精神的赞赏与支持。

七嘴八舌

豌豆

我是一粒铜豌豆,嘿嘿嘿!打不败!

写散曲太难了,我还是老老实实看戏吧!

曹植

周舍

啊啊啊啊!别打了,我错了,我再也不敢了!饶了我吧!

来听故事吧

马致远

写散曲的"神仙"

马致远(约 1251 年—约 1321 年[①]),字千里,号东篱

称　号:"曲状元""马神仙""元曲四大家"之一
籍　贯:大都(今北京市)
代表作:《汉宫秋》《天净沙·秋思》

[①] 马致远生卒不详,此处采用最普遍的观点。

TA这一辈子

马致远这辈子

马致远是元代有名的杂剧家、散曲家,与关汉卿、郑光祖、白朴一起被称为"元曲四大家",在元代文学史上地位非常高。近代著名的文史学家刘大杰甚至将他和李白、苏轼相提并论,认为他们都是代表了一个时代的大文人,可见马致远有多厉害。

年少轻狂爱当官

马致远出生在元代的都城——大都,家里非常有钱,据他自己说,那是"气概自来诗酒客,风流平昔富豪家"。他年轻的时候热衷当官,急切追求功名。在忽必烈的第二个儿子孛儿只斤·真金当太子的时候,马致远曾经给他献过诗:

且念鲰(zōu)生年幼,写诗曾献上龙楼。

鲰生指浅薄无知之人,代指马致远自己,也是马致远对自己的谦称。龙楼就是太子住的地方,代指太子。因为孛儿只斤·真金尊崇儒学、礼贤下士,很敬重马致远这样有才学的文人,所以马致远就受他重用,成了

"东宫僚（liáo）友"。

可是，没过多久，就有人上书忽必烈，认为他年龄大了，应该赶紧把皇位让给太子。"我还活着呢，这不是在咒我吗？"忽必烈勃然大怒，下令彻查此事。孛儿只斤·真金吓坏了，竟然"恐惧至死"，活活吓死了。太子去世了，"东宫僚友"自然也就解散了，马致远只好离开大都，去江浙行省当了一个很小的官。

战文场，曲状元

元末明初的时候，有一个很有名的戏曲评论家叫贾仲明。他写的《录鬼簿》记载了许多元代戏曲家的事迹，在文学史上地位极为重要。《录鬼簿》对马致远的评价非常高，称他为"战文场，曲状元，姓名香贯满梨园"，所以马致远就又被人们称为"曲状元"。那他为什么能得到这样一个评价呢？因为他的创作非

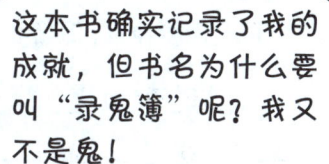

这本书确实记录了我的成就，但书名为什么要叫"录鬼簿"呢？我又不是鬼！

TA这一辈子

常多,名气也很大。

马致远是元代为数不多的在杂剧和散曲方面都有很高成就的戏曲家。在杂剧方面,他写的《汉宫秋》《荐福碑》《岳阳楼》等,对后世影响很大。在散曲方面,他也有不少作品,最有名的那首《天净沙·秋思》,至今还收录在我们的教材里呢。

马神仙

除"曲状元"之外,马致远还有一个奇特的称号——马神仙。这个称号是怎么来的呢?

一方面,马致远的杂剧和散曲写得确实好,简直跟下凡的神仙写的一样,所以他被称为"马神仙",就跟我们说李白是"诗仙"一样。

另一方面,神仙是中国道教里的人物,马致远受道教思想的影响很深。他的杂剧和散曲里都包含了很多道教思想,比如他的杂剧《陈抟(tuán)高卧》《任疯子》《黄粱梦》等,都是讲修炼成仙、教化度人;又如他晚年的散曲,有很多表达了对在山林中游山玩水生活的推崇与羡慕,认为浮生若梦,一切皆空,不如摆脱羁绊去逍遥自在。所以《录鬼簿》评价马致远是"万花丛中马神仙"。

做人要乐观

刘禹锡

哟,这不是马东篱吗?站这儿干吗呢?怎么,又在伤春悲秋呢?

刘梦得,你这句话是什么意思啊?我怎么就伤春悲秋了?

马致远

刘禹锡

要我说你们这些人也真是奇怪,秋天多好啊,天高气爽,作物丰收,满山红叶,大雁南归,多美的景象啊!你们呢,一写到秋天,就凄凄惨惨的,像别人欠了你几百万一样。看看我:

自古逢秋悲寂寥,我言秋日胜春朝。
晴空一鹤排云上,便引诗情到碧霄。

这诗多豪迈,多有气概!

行行行,我知道了,别废话了,我正琢磨着再写一首散曲呢,别打扰我。改天请你喝酒,赶紧走,好走不送。

马致远

超级访谈

刘禹锡

你倒是听听我的建议啊,做人要乐观!看看你的那首《天净沙·秋思》:

枯藤老树昏鸦,

小桥流水人家,

古道西风瘦马。

夕阳西下,

断肠人在天涯。

"枯藤""老树""乌鸦",这景象也太萧瑟了吧!还有"古道""西风""瘦马",这么凄凉,再加上和"小桥""流水""人家"这种温馨场景的对比,我的天哪!别更说还有个"断肠人"在"夕阳"下,这也未免太惨了点儿吧!干吗要把秋天写得这么悲惨呢?写高兴点儿不行吗?像我一样乐观不行吗?

马致远

你说得倒是轻巧,我哪能和你比啊。不过,我也真是佩服你,要是我没记错的话,你这首诗是你被贬到朗州的时候写的吧?怪不得你是"诗豪"呢,被贬了也能写出这么豪迈的诗来。

刘禹锡

你可别夸我了,被贬就被贬呗,难道被贬了、遇到困难了就不活了吗?既然活着,干吗不高高兴兴、快快乐乐地活着呢?不过话说回来,你是在什么时候写的这散曲啊?总不会跟我一样惨吧?

你还别说,我写这散曲的时候,比你还惨。元代的统治者不信任汉族文人,又不喜欢举办科举考试,所以我很难有机会去做官。后来,朝廷宣布要开始重用汉族文人,我特别高兴,想了各种办法,花了几年工夫,也没得到什么机会。这首散曲就是我在外漂泊的一个秋天写的。后来我终于当官了,但也只是个非常小的官,没什么权力,更不用说实现我的政治理想了。

马致远

刘禹锡

我看过你写的另外几首散曲,里面有提到"佐国心""拿云手",就是想辅佐国君大展才华呗。照你这么一说,满腔豪情壮志却没有办法实现,壮志难酬,确实是挺惨的。不过,你也可以这么想,要是你仕途特别顺利,那可能就写不出来这么好的散曲了,"艰难困苦,玉汝于成"嘛。

你说得也有点儿道理。艰难困苦,助人成长,那句话怎么说来着?"宝剑锋从磨砺出,梅花香自苦寒来",对吧?要是没有这种困苦的经历,说不定我真的就没办法写出这些散曲来了。

马致远

刘禹锡

按你这么一说,元代文人那么难做官,是不是当时的散曲家都跟你一样,怀才不遇啊?

不是不是,虽然我们这个时代文人不受重视,写散曲的大部分都是一些社会下层的文人,但也还是有一些地位显赫的达官贵人、文人雅士的。比如说刘秉忠,他的地位就特别高,当过光禄大夫、太保。他去世以后,元世祖特别伤心,还追赠他为太傅,封为赵国公。他不仅官当得高,散曲也写得特别好,当时的一个大文人张文谦在《刘公行状》中就称赞他"诗章乐府,又皆脍炙人口"。

马致远

刘禹锡

是这样啊,在这种社会环境下,你们还能写出这么好的作品来,佩服佩服!

小气鬼借马

今天出门，看见个新鲜事：有个人正在向我那个吝啬鬼邻居借马。嘿，这可真是奇了怪了，我这个邻居平日里把那匹马看得比他的性命还重要，怎么会愿意借给别人呢？我过去一看，可笑死我了。我要写一首散曲把这件事记录下来。不过，小令字数太少了，不过瘾，我打算写套曲，好几首曲子连在一起来写。

我可是看得清楚，那个人来借马的时候，我那邻居是：

懒设设牵下槽，意迟迟背后随，气忿忿懒把鞍来鞴（bèi）。

他压根儿就不想借，却又怕伤了和气，只好心不甘情不愿地把马借出去。

他把马缰都递到别人手里了，嘴里还不停地嘱咐那借马的人：

不骑呵西棚下凉处拴，骑时节拣地皮平处骑。
将青青嫩草频频的喂，歇时节肚带松松放。

不骑马的时候，要让马在凉棚下休息，可不能被太阳晒着。骑马的时候呢，要挑平坦的地方让马走，不能

特别推荐

走坑坑洼洼的路，以免伤着马蹄。要时常给马喂青草。马休息的时候，还要记得把马的肚带松一松。

听完这些话，那借马的人不住地点头，急着要走，结果我这邻居还不放手，硬拉着他，继续说：

抛粪时教干处抛，尿绰时教净处尿，拴时节拣个牢固桩橛上系。

我这邻居叮嘱那借马的人不光要让马勤休息，还要好好地处理马的排泄物，一定要让马在干净干燥的地方排泄。如果要拴马，一定要找一个牢固的桩，千万不能让马跑了。

唠唠叨叨半天，我在旁边都听着急了，那借马的人更是急得不行。可我这邻居还在说：

休教鞭颩（biāo）着马眼，休教鞭擦损毛衣。

骑马的时候，千万不能让马鞭子碰着马的眼睛，也千万不能让马鞭子擦伤了马的皮毛，一定要小心啊。

最后，这匹马终于借出去了。我这个邻居是：

哀哀怨怨，切切悲悲。

……

道一声好去，早两泪双垂。

他一边哭着一边目送马远去，跟丢了一千两银子似的，真是笑死人。果然小气鬼就是小气鬼，我还以为他今天大方起来了呢，谁知道还是这么小气。明天我就把这个散曲拿给他看，好好气他一下，哈哈哈哈哈哈！

　　不过，不得不说，散曲可真是个好东西。借马这种小事儿，多普通啊，篇幅还长得跟个小剧本似的，怎么可能会被写进唐诗这种高雅的体裁里去呢，就算宋词比唐诗通俗，但宋词短啊，也放不下这种事儿。这么一说，散曲可真是好，能写高雅的隐居，也能写通俗的借马，能短成十几个字，也能长成一篇小说！

文苑杂谈

到底叫啥名

据说,因为马致远的名气,很多人才活了下来。明朝初年,明成祖朱棣抢了侄子朱允炆的皇位,也就是历史上有名的靖难之役。当时朱棣和朱允炆互相争斗了好久,这可苦坏了老百姓,好多人的生命安全都没有保障。当战争打到东光这个地方的时候,朱棣偶然得知这个地方竟然是马致远的故乡,而他学过马致远的杂剧和散曲,也特别崇拜马致远。于是,朱棣下令"逢马不杀",也就是不能杀害当地姓马的老百姓。这么一来,当地姓马的老百姓才逃过一劫。

但是,据说马致远最开始的名字不是"致远",而是"视远",意思就是眼界开阔,能看得很远,后来才改成了"致远"。至于为什么要改名,有好几种说法。

第一种说法,他当时离开家乡去外面求学的时候,曾到一个寺庙拜佛。在跟庙里的长老交谈的时候,长老教导他,男儿要志在千里,不能贪图一时富贵,而应多为老百姓干实事儿,还引用了诸葛亮的一句话,"非淡泊无以明志,非宁静无以致远"。因此,他把自己的名字改成了"致远"。

第二种说法，来自《马氏家谱》里的记载。有一年，马致远家里来了个算命先生，给马致远的爸爸算命，说他命里只有两个儿子。但当时家里已经有三个儿子了，也就是说，这三个儿子里一定会有一个儿子夭折。这个算命先生就给马爸爸出了个主意，让他把其中两个儿子的名字改成读音差不多的，这样老天爷就会以为他家只有两个儿子，不会降下灾祸了。马爸爸觉得有道理，就打算改名。当时家里的老大叫马视远，老二叫马治远，

文苑杂谈

老三叫马平远。马爸爸一琢磨,索性把老大的名字改成了马致远。这样一来,从读音上,家里好像就只有两个儿子了。

"马致远原来叫马视远"只是民间流传的故事,但从中,我们也可以看出马致远在老百姓心目中的地位。

七嘴八舌

刘禹锡

别整天哭哭啼啼的，学学我，多乐观向上！

唉，谁能想到竟然有人这么诬陷我呢？没办法了，你自寻生路吧。

孛儿只斤·真金

马主人

小气怎么了？我的宝贝马，我自己都舍不得骑，就这么借给别人了，还不许我叨叨两句吗？

来听故事吧

张可久

仕途坎坷的大红人

张可久（约 1270 年—约 1350 年），字小山[1]

称　号：与张养浩并称"二张"
籍　贯：庆元（今浙江宁波）
代表作：《小山乐府》

---

[1] 关于张可久的字有多种说法，此处以《录鬼簿》为准。

TA这一辈子

张可久这辈子

张可久是元代著名的散曲家、剧作家,创作的散曲非常清丽,大多描写山林隐居风光。明代朱权在《太和正音谱》中称赞张可久是"词林之宗匠",称赞他的词"清而且丽,华而不艳",评价非常高。

元代的大红人

张可久是元代最高产的散曲大家,也是散曲的集大成者。他现存于世的作品中小令有800多首、套数有9套,是元代散曲家里最多的。

因为元代汉族文人地位不高,再加上散曲本来就是在聚会宴饮的时候写着玩儿的,就跟我们现在聚会喝酒时说的笑话段子一样,所以元代汉族散曲家里,有散曲集传世的并不多。只有少数几个人有散曲集流传下来,而且还是在他们临死前或者去世后,作品集才刊印流传。但张可久是一个例外,他在世的时候就已经有四本散曲集刊印流传了。他的作品在元代很受欢迎,连当时的元武宗在皇宫里赏月的时候,都要求宫女演唱他的散曲。

可见张可久在当时就已经是个大名人了,这在元代的散曲家里并不多见。

七八十岁还当官

张可久可以算是元代清丽散曲的代表作家,他在作品描写了很多归隐生活的情景,比如《天净沙·鲁卿庵中》:

青苔古木萧萧,苍云秋水迢迢,红叶山斋小小。

有谁曾到?

探梅人过溪桥。

但实际上,张可久并没有一直隐居山林,相反,他一直奔波于仕途,想求个一官半职。但是,就算他是个大名人,也只是在散曲方面有名,实际上那些大官们还是看不起他。七十岁的时候,他还在昆山县做幕僚,是一个非常小的官。将近八十岁的时候,他也只是"监税松源",在徽州歙县做着一个不入流的小官。

正因为一生都没有实现自己的政治理想,生活坎坷,所以他才写了那么多描写归隐情景的散曲,希望能在散曲里抒发自己的苦闷心情,得到些许慰藉。

文人化的散曲

元代的散曲经历了一个从俗到雅的过程。元代初期,写散曲的都是一些社会底层的文人,他们写的散曲也是给当时文化水平不高的普通老百姓听的,所以刚开始的散曲就写得很通俗,谁都能听懂。比如关汉卿写的一个女子思念丈夫:

你性随邪,迷恋不来也。我心痴呆,等到月儿斜……负心的教天灭!

这种作品大胆直白，一看就知道在说什么。

后来，散曲发展得越来越好，越来越流行，一些当官的文人也开始跟着写散曲。这些人的社会地位比之前的散曲家更高，习惯使用比较雅致的语言，所以他们写的散曲就比较优美。比如同样是写女子思念丈夫，张可久写的就是：

> 黄莺乱啼门外柳，雨细清明后。
>
> 能消几日春，又是相思瘦。
>
> 梨花小窗人病酒。

很文雅含蓄，跟关汉卿的风格完全不同。

散曲从通俗到雅致的过程，就叫"文人化"，而张可久，就是散曲文人化过程的一个重要人物。

超级访谈

你的散曲写得不错!

张可久

柳七?好久不见啊,最近干吗呢?忙不忙?不忙的话,我请你喝酒?

哟,你竟然请我喝酒?这是太阳从西边出来了啊。我还不了解你吗,说吧,什么事?

柳 永

张可久

果然是好兄弟,懂我!我还真有件事儿想请教你。你好不容易考中一回进士,宋仁宗还对你发过的牢骚耿耿于怀,让你"且去填词",所以你是"奉旨填词"。你一辈子没当过什么大官,还说自己是什么"白衣卿相",就是平民百姓里的卿大夫、宰相这种大官。虽然我也挺同情你,但要我说啊,你没当上大官才是好事呢,要是当了大官,说不定你就写不出那么多好词了。

得得得,你也比我好不到哪里去,一生都怀才不遇,只做过路吏这种小官,甚至连正式官员都不算,只是个官员候选人罢了。咱们也别在

柳 永

这儿互相伤害了,赶紧说吧,你要请教我什么事儿?

柳 永

张可久

我这不是正在做铺垫嘛。别人都说你是宋词里婉约派的代表,写的词都非常清丽婉转。我呢,也算是元曲里的清丽派吧,很喜欢写那种清新婉约的散曲。所以我想问问你,你写词有什么诀窍啊?

啊?你问这个啊,可你那些清丽的散曲已经写得很好了,我是给不了你什么建议了。不过,虽然你的作品大部分都是清丽婉约的,但我前几天看见你的几首讽刺时世的散曲,倒是觉得写得真是好!

柳 永

张可久

讽刺时世的散曲?我好像写得不多啊,不过我最喜欢的就是这首《正宫·醉太平·刺世》了:
人皆嫌命窘,谁不见钱亲?
水晶丸入面糊盆,才沾粘便滚。
文章糊了盛钱囤,门庭改做迷魂阵,清廉贬入睡馄饨。

超级访谈

张可久

胡芦提[1]倒稳。

人人都嫌自己的命运穷困，哪个人不是见到钱财就感到亲切？那些像水晶丸一样通透精明的人，一旦落进金钱这个面糊盆，都是刚刚沾上边就迅速和钱财滚在了一起。有些人用文章糊成了盛钱的工具，有些人把家门改成了迷魂阵，那些处世清廉的人反而被贬为愚昧混沌。唉，看来只有糊里糊涂才能落得个安稳啊。

柳永

要我说，我倒觉得你那首《红绣鞋·天台瀑布寺》写得更好：

绝顶峰攒雪剑，悬崖水挂冰帘。

倚树哀猿弄云尖。

血华啼杜宇，阴洞吼飞廉。

比人心山未险。

尖尖的山峰像闪着寒光的宝剑聚集在一起，悬崖上面挂着一张张冰帘。猿猴时而倚着树哀鸣，时而飞跃跳耍在云间。树上的杜鹃鸟凄厉鸣叫，阴洞里狂风怒吼。你看看，这环境刻画得多

---

[1] 胡芦提：同"葫芦蹄"，糊里胡涂之意。

好啊,山高水险,阴森寒冷。最后一句突然转成了对人心的描写,说比起人心来,这样的山都不算险峻了。这么一对比,马上就说明了人心是多么的险恶。所以,你这首散曲表面是写自然景观,实际上是借自然景观来写人心险恶的社会现实,真是写得太好了!

柳 永

张可久

嘿嘿,你这么夸我,倒把我夸得不好意思了。没办法啊,生活在这么一个混乱的时代,社会动荡得跟过山车一样,我也没办法报效国家,只好写写这种讽刺时世的散曲,来抒发一下感情了。

佩服,佩服!你还说要向我请教,我看该是我向你请教一下怎么写讽刺时世的散曲才对。走走走,我请你喝酒去!

柳 永

特别推荐

我不想当读书人

前几天看到初唐四杰之一的杨炯写的一首诗，其中有一句是"宁为百夫长，胜作一书生"。这句话的意思是宁愿去军队里做一个小官，也好过做一个书生。诗圣杜甫也写过"壮士耻为儒"，认为年青健壮的人去做书生是一件羞耻的事情。唉，他们真是说到我的心坎里去了，看看现在这个乱世，元代马上要灭亡了，老百姓生活得多苦啊，我倒是想建立一番事业，最起码让老百姓过上好日子。

无奈我只是一个书生，既不会骑马打仗，也不能治国理事。都说"文能治国安天下、武能上马定乾坤"，可我一个也做不到。别人都是文武双全，我却是文武双怂，只能写几首无用的散曲来抒发一下我的心情了，就用"卖花声"这个曲牌，叫它《卖花声·怀古》吧：

阿房舞殿翻罗袖，金谷名园起玉楼，隋堤古柳缆龙舟。不堪回首，东风还又，野花开暮春时候。

美人自刎乌江岸，战火曾烧赤壁山，将军空老玉门关。伤心秦汉，生民涂炭，读书人一声长叹。

特别推荐

想当初,秦朝建立的阿房宫里,罗袖翻飞,歌舞升平;东晋的金谷园里,也是玉楼高起、景色怡人;隋朝的河堤上古柳葱郁,江上龙舟威武。这些往事,真是不堪回首,东风又起,暮春时节,一片凄清。再想想楚汉争霸的时候,项羽的宠妃虞姬在吴江岸边自尽;三国的

时候，刘备和周瑜的军队曾经在赤壁把曹操的万条战船给烧成灰烬；汉朝著名大将班超最终也老死在了玉门关。想想秦汉时期的烽火，让多少老百姓遭了殃，可谓生灵涂炭。但作为一个读书人，我却不能建功立业，只能长叹一声。

虽说天生我材必有用，书生也有书生的用处，在天下太平的时候，还需要读书人辅佐君王来治理国家。但现在正值乱世，我真希望自己是个将军，再不济当个小军官也行，只要能去打仗，能有机会建功立业，我就心满意足了！

尊体是什么意思

大家都知道,乐府是汉代一个管理音乐的机构,这个机构负责收集整理民间诗歌,所以这些民间诗歌又叫乐府诗。后来人们一提到"乐府",就会自然而然地想到汉代,想到乐府诗。可是,元代的时候,乐府有了新的含义,不仅指乐府诗,还指散曲。比如张可久的散曲集,就叫《小山乐府》。为什么会这样呢?

原因只有两个字:尊体。虽然后世认为散曲是元代的代表性文学之一,但其实在当时,散曲一直因为比较通俗而被人看不起,散曲家的社会地位也不高。为了提高散曲的地位,他们就想了一个办法:追溯散曲的源头。经过各方寻找、论证,他们发现散曲是从汉代的乐府诗那里演化过来的,源远流长。这么一来,散曲的源头就一口气接到了汉乐府那里,后来,他们再

文苑杂谈

往上又接到了《诗经》《楚辞》那里。有了这么厉害的源头,散曲的地位自然也就得到了提高,就跟一个流浪汉突然有了一个做皇帝的祖先一样,这种做法就叫"尊体"。所以,出于尊体的需要,散曲在元代有时也被称为"乐府"。

尊体这种现象可不是元代才出现的。在中国古代,除诗歌以外的文学作品,都有过一次被轻视的经历。比如宋词,我们现在都把它和唐诗并称,认为它是中国文化的瑰宝。但实际上,词最初是在宴会上助兴用的,是文人用来娱乐消遣的东西,就跟我们现在发朋友圈一样。为了提高词的地位,宋代的词人也会"尊体"。比如大才女李清照有一个理论,认为词"别是一家",也就是说词跟诗不一样,是有自己的特色的,应当被重视。这就把词提升到了跟诗一样的地位,再加上当时其他文人的努力,词才终于和诗并列,成了一种重要的文学体裁。

七嘴八舌

杨炯

你也不想当书生？我也是。真是英雄所见略同啊！

柳永

你的散曲写得不错，我要好好学习一下！

关汉卿

哇，散曲到你这里竟然变成这样了？不错啊！

来听故事吧

张养浩

当大官的写散曲

张养浩（1270年—1329年），字希孟，号云庄

称　号：齐东野人
籍　贯：济南（今山东省济南市）
代表作：《云庄休居自适小乐府》《归田类稿》

TA这一辈子

张养浩这辈子

张养浩是元代著名的散曲家,也是元代少有的官职较高的汉族文人,是元代名臣之一。明代著名的文学家朱权在《太和正音谱》中称赞张养浩的散曲"如玉树临风",对其评价很高。

豪放派,说的就是我

张养浩是元代散曲里豪放派的代表作家。因为他做过不少官,去过不少地方,也见过很多民生疾苦,因此,他的散曲里展现清丽文雅的内容不多,反而有很多勤政爱民的人道精神,也有很多针砭现实的批判精神。比如《山坡羊·潼关怀古》中的名句"兴,百姓苦,亡,百姓苦",直到现在,都还时常被提起。

选贤用能的大清官

张养浩为人宽容,善于提拔别人,又很清廉,很有骨气。延祐二年,有一个叫张起岩的文人参加进士考试,考了第一名。要知道,元代时期汉族文人的地位很低,经常被人看不起,要是遇上一个很不喜欢汉族文人的主考官,就算考了第一名也没办法得到重用。幸好,这场科举考试的主考官是张养浩,他不受考生出身、民族等因素的影响,坚持用人唯贤,只要有才能,就都能被录取。所以,张起岩并没有被打压,而是被录取,成了元代的第一个汉族状元。后来,张起岩和其他被录取的汉族文人非常感激张养浩,就带了好多东西来拜访他。按理说,张起岩等人的此番行为并不过分,也没有越界,是很正常的事情,但张养浩拒绝了,只让人给这些学子们带了一张字条,大概意思是"你们只要想着报效国家就行,不用来谢我,我也不敢接受你们的谢意。"

七顾茅庐

虽然官职很高,但张养浩因为清廉正直而被当时那些有权有势的官员排挤。他受不了这样的黑暗官场,就以父亲年老需要人照顾为由辞官隐居,在现在山东省济南市的大明湖旁边盖一座房子,住了下来,生活十分惬意。他是过得舒服了,皇帝却不怎么高兴,因为张养浩太有才了,放走这么一个人,朝廷损失太大,所以皇帝老想着再把他召回去。但皇帝一连召了六次,张养浩都找了各种借口拒绝,说什么也不回去当官。直到第七次,当时关中大旱,皇帝为了治理灾害,又召张养浩回去当官,张养浩为了关中百姓,没有再推辞,还"散其家之所有",来治理灾害。结果,因为治灾太劳累,没过多久,年事已高的张养浩就累死在了治灾的岗位上。老百姓为了纪念他,就给他修了一座祠堂,叫"七聘堂"。

教我写散曲呗

杜 牧

张老弟,我前两天看见你的一首散曲,你可以啊,写得真不错!我在朋友圈里给你点赞了,你看见没?

你说的是我那《山坡羊·潼关怀古》吧?我还想去拜访您说说这件事儿呢,正好在这儿遇上了。其实我写完《山坡羊·潼关怀古》没几天,就看见您写的《阿房宫赋》了,那才叫气势磅礴、发人深省。相比之下,我写的这首散曲真是太简单了,所以我就想请教下您是怎么写出这么好的作品来的?

张养浩

杜 牧

啊?我还觉得你写得特别好,简短深刻,打算请教你几个问题呢。你看:

峰峦如聚,波涛如怒,山河表里潼关路。
望西都,意踟蹰。
伤心秦汉经行处,宫阙万间都做了土。
兴,百姓苦;亡,百姓苦!

杜 牧

　　最后这句简直是神来之笔啊。朝代兴盛了，统治者要修建各种宫殿，服劳役的是老百姓，所以"兴，百姓苦"；可一个朝代衰亡时，统治者会变本加厉，加收徭役赋役，还常伴有战争，受苦的还是老百姓，所以"亡，百姓苦"。这句写得简直是太到位了！而且，我是真佩服你，听说你们那个时代，统治者压迫汉人，尤其是汉族文人，地位低得不行，你身居朝廷竟然还敢写出这样的作品来讽刺统治者。这样的勇气可不是谁都能有的，真是厉害！

　　要我说啊，我写的是散曲，所以简短精练，您写的是辞赋，所以气势磅礴。体裁不一样，写出来的作品的特点也就不一样。而且，这种讽刺时政、讽刺统治者的作品，在您那个时代也特别常见，我的跟他们比起来，就是小巫见大巫。只是因为我生活的这个时代没有文人敢这么写，所以才显得我比较厉害罢了。

张养浩

杜 牧

　　说到体裁不一样，我还有一个问题。老听别人说唐诗宋词元曲，那天我还看见有个叫王国维

杜牧

的后生,说过这么一段话:"凡一代有一代之文学:楚之骚,汉之赋,六代之骈语,唐之诗,宋之词,元之曲,皆所谓一代之文学,而后世莫能继焉者也。"他的意思是先秦时期有离骚、汉代有汉赋、六朝的时候有骈文、唐代有唐诗、宋代有宋词、元代有元曲,一个朝代有一个朝代的代表性文学,后世无论怎么学也比不上了。其他的我都明白,但"元曲"到底是指什么啊?

张养浩

元曲本是北宋末年流行于北宋城市的通俗歌曲,经过不同民族间的交流融合而逐渐形成的新乐种。元曲是可以分成两类的:一类是元代的杂剧,像关汉卿写的《窦娥冤》、白朴写的《墙头马上》,是可以在舞台上演出的,算是戏曲;另一类呢,就是我写的这种散曲,篇幅比较短,算是诗歌。

杜牧

是这样啊。我还纳闷呢,为什么不管是《窦娥冤》那么长的还是《山坡羊·潼关怀古》这么短的都叫元曲呢。原来元曲还分不同的种类,长见识了!

张养浩

正好,我这儿有几本关于元曲的书,借您看看,等您看完了,我再教您写散曲。

杜 牧

行,一言为定啊,你要是教会我写散曲,我就教你怎么写辞赋!

忠言逆耳也得说

终于辞官了!唉,虽然以后可以不用再跟那些小人打交道了,但其实我挺失落的,要不是朝廷太黑暗,我怎么会辞官呢?我还想为老百姓多做点儿实事呢。算了,不想这些了,过几天我就搬到大明湖边住了。这几天收拾东西,我翻出来不少以前写的文稿,得好好整理一下才行。

这样吧,我就按时间把这些文稿分个类。这一摞,是我当县令的时候写的,当时我主要负责管理百姓,所以这些文稿多是关于地方官员应该如何爱护百姓、管理地方的,总共有两卷,分成"拜的""上任""听讼""御下""宣化""慎狱"等十个方面,那就叫《牧民忠告》吧。书里有这么一段话:

诚生爱,爱生智。惟其诚,故爱无不周;惟其爱,故智无不及。吏之于民,与是奚异哉?诚有子民之心,则不患其才智之不及矣。

有了待人表里如一的真诚就能够产生爱人之心,有了爱人之心,就能够产生为人造福的智慧。因为有了真诚,爱护别人的时候才会周全完备;只有有了爱人之心,

特别推荐

为人造福的智慧就不会少。官吏和百姓都是这样。官吏只要有了爱护百姓的心,就不用担心自己的才智会不足。所以说,做一个称职的地方官,首要的就是要爱护百姓,有仁爱之心。

那一摞,是我当御史时写的。御史嘛,职责就是监察百官,纠正朝廷风气。这些文稿就是我任职时的一些经验,内容包括了"自律""按行""审录""荐举""纠弹"等十篇,就叫它《风宪忠告》吧。就来说说这一篇吧,俗话说"打铁还需自身硬"。当御史,你自己就得做到最好,才能去监察别人,别人也才会服气,所以——

士而律身,固不可以不严也,然有官守者,则当严于士焉;有言责者,又当严于有官守者焉。

士，固然要严于律己，一般官员对自己的要求得严于士，监察官员对自己的要求又得严于一般官员，这样才能让人心服口服啊。

最后这些，是我参议中书省的时候写的。当时我地位还挺高，可以参与决策国家大事，所以这一部分主要写的就是怎么治理国家。干脆叫它《庙堂忠告》好了。里面也有十篇，分别是"修身""用贤""重民""远虑""调变""任怨""分谤""应变""献纳""退休"。就说说这句吧：

夫为室而不众工之资，梓人虽巧，室不能成矣。为国家而不众贤之集，相臣虽才，国不治矣。

治理国家，就跟修房子。修房子的时候，如果不能集齐所有工匠的才能，就算那木匠再心灵手巧，也不可能建好一座房子。治国也是一样，要是不能聚集贤能的人，就算那丞相再有才能，也不可能凭一己之力辅佐君王把国家治理好。

唉，看到这些文稿，再想想现在朝廷的风气，估计我这些文稿也没什么用武之地了。罢了罢了，只希望它们能对后人有所启发吧。

哪来这么多相似的字号

　　中国古代文人经常会给自己起个号，而且这些号往往都有各自的含义。比如杜甫号少陵野老，是因为他曾经居住在长安城南的少陵；白居易号香山居士，是因为他曾经住在洛阳的香山寺；张养浩号云庄，是因为他隐居在家时住的房子叫云庄。

　　看看元代文人的字号，大家就会发现很多人的字号都是相似的，都有一个"斋"字。据统计，《全元曲》记载的作家里，有号流传下来的有67位，而这67位作家里，有21位的字号都有"斋"这个字。比如卢挚号疏斋，刘时中号逋斋，周德清号挺斋。更别说还有许多"有味道"的"斋"，比如贯云石号酸斋，徐再思号甜斋，鲜于必仁号苦斋，杨朝英号淡斋……

　　元代散曲家为什么这么喜欢用"斋"来做自己的号呢？最主要的原因，就是元代的文人大部分都受到了道教的深刻影响。元代时期，道教非常流行。当时全国划分了十个职业等级，其中道士就居于第四位，仅次于官吏和信仰佛教的和尚。再加上后来朝廷甚至免除了道士的赋税，而当时汉族文人的生活都很窘迫，于是他们纷纷投向道教来寻求庇护。

"斋"这个字，跟佛、道的关系很密切。根据《说文解字》的说法，"斋"的本义是指祭祀前或举行典礼前整洁身心，后来又引申出素食、拜忏诵经等意思。再加上"斋"本来还可以作为书房的名称，所以，渐渐地，"斋"就成了元代文人字号里的常用字。

七嘴八舌

张起岩

能够成为"元代第一个汉人状元",要感谢我的老师张养浩!

你们干吗要起这么多相似的字号,我都记混了!

小学生

杜牧

元曲原来这么复杂!我还以为就是指散曲呢,长见识了。

来听故事吧

《窦娥冤》

生得可怜,死得憋屈

全　　　名:《感天动地窦娥冤》
作　　　者: 关汉卿
作品年代: 元代
体　　　裁: 元杂剧
篇　　　幅: 四折一楔子
地　　　位: 与马致远的《汉宫秋》、白朴的《梧桐雨》、纪君祥的《赵氏孤儿》并称为"元杂剧四大悲剧"

窦娥

性格特点：善良可怜、刚强无畏

窦娥是整部戏的主角，只需两个字就能概括她短暂的一生：悲剧。

窦娥三岁的时候，她的妈妈就死了，幼年丧母——悲剧一。

爸爸欠下高利贷，把窦娥卖给蔡婆婆当童养媳——悲剧二。

结婚还不到两年，丈夫去世，窦娥年纪轻轻就成了寡（guǎ）妇——悲剧三。

张驴儿要挟（xié）蔡婆婆将窦娥嫁给自己，蔡婆婆胆小懦弱，便乖乖地来劝说窦娥，让窦娥又悲伤又为难——悲剧四。

窦娥遭到张驴儿诬陷，官府又不能主持公道，窦娥被屈打成招——悲剧五。

面对一连串悲剧，窦娥表现出了强大的反抗精神。面对张驴儿的威逼、诬陷，窦娥毫不畏惧，坚持要去见官。当窦娥被屈打成招，马上就要被处斩时，她勇敢地指天骂地，控诉人世间没有公平正义。正因为这样，窦娥成了中国古代封建社会中最壮烈的女性角色。

蔡婆婆

性格特点：老实、懦弱、自私

蔡婆婆这个人也不能算是坏人。她家里原本就有钱，即使丈夫死了，她也能靠放高利贷（dài）生活。她的高利贷真叫"高"利贷，借100两银子还200两，所以故事中曾经向她借过钱的窦天章和赛卢医都还不起。窦天章还不起钱，于是把窦娥卖给了蔡婆婆当童养媳；赛卢医还不起钱，则起了坏心，想把她勒死。

窦天章把窦娥卖给蔡婆婆后，蔡婆婆对待窦娥还是

不错的。但是当张驴儿逼她嫁给张孛老,逼窦娥嫁给自己的时候,蔡婆婆就表现得十分胆小怕事,不仅答应了张驴儿的无理要求,还主动劝说窦娥嫁给张驴儿。

窦娥为了保护蔡婆婆,只好承认自己毒死了张孛老。蔡婆婆因为怕挨打,没有替窦娥申辩一句。当窦娥即将被处死的时候,她又表现得很悲痛。可见,蔡婆婆就是个老实、懦弱、自私的人。

张驴儿

性格特点:狠毒、无赖

张驴儿是剧中彻头彻尾的反面角色。这个家伙刚出场时救了差点被赛卢医勒死的蔡婆婆,让人误以为他是个热心的"活雷锋"。没想到,当得知蔡婆婆死了丈夫,家里还有个年轻守寡的儿媳妇时,张驴儿马上动了坏心思。他和父亲张孛老死活赖在蔡家,逼蔡婆婆和窦娥嫁给他们这对无赖父子。后来,张驴儿见窦娥不愿意嫁给他，便准备毒死蔡婆婆，霸占窦娥，可见此人心肠狠毒。当张孛老被毒死时，张驴儿作为儿子竟没有一点儿悲伤的意思，反而马上诬陷窦娥是毒死张孛老的凶手。在如何害人方面，张驴儿称得上是专家。

《窦娥冤》就是这么回事儿

当我们觉得自己被冤枉的时候,我们常会抱怨:"哎呀,我简直比窦娥还冤啊!"这当然是一句玩笑话,但是你知道窦娥有多冤吗?

楔 子

有个落魄的读书人叫窦天章,科举考了很多年都没考上,流落到楚州,身上没钱,便向放高利贷的蔡婆婆借了二十两银子。期限已到,窦天章还不上钱,便把自己七岁的女儿窦端云卖给了蔡婆婆当童养媳,改名窦娥。

第一折

十多年过去了,窦娥和蔡婆婆的儿子成了亲,然而不到两年,蔡婆婆的儿子就死了,窦娥成了寡妇。

县里有个姓卢的医生,人称赛卢医。他向蔡婆婆借了高利贷,可到了期限却还不上钱,就想把前来讨债的蔡婆婆勒死。正在行凶之时,张驴儿和张孛老出现,吓跑了赛卢医,救了蔡婆婆。张驴儿听说蔡婆婆家还有个守寡的儿媳叫窦娥，就想将其霸占，张孛老也要求蔡婆婆嫁给自己。蔡婆婆不答应，张氏父子就赖在她家里不走。蔡婆婆没有办法，只好答应嫁给张孛老，并且劝说窦娥嫁给张驴儿。窦娥坚决不从。

第二折

张驴儿想毒死蔡婆婆，霸占窦娥。他找赛卢医讨了毒药，回到家中，看见窦娥给蔡婆婆做的羊肚汤，便把毒药放在汤中。没想到蔡婆婆突然反胃，不想喝，汤却被张孛老接过来一口气干了。没过一会儿，张孛老毒发身亡。张驴儿反应真快，自己老爹死了都不管，反而马上诬陷是窦娥在汤里放了毒药，并把窦娥告到了官府。楚州太守桃杌（wù）既贪财又昏庸，他认定是窦娥毒死了张孛老，便让人痛打窦娥。窦娥被打得血肉模糊，但还是不承认罪名。桃杌见窦娥不认罪，便要打蔡婆婆，窦娥不想让婆婆受苦，就违心地认罪了。

第三折

窦娥承担了杀人罪名，要被处斩。在前往刑场的路上，窦娥痛骂天地，指责人世间没有公平正义，好人蒙冤受苦，坏人却享受富贵。临刑前，窦娥发下三桩誓

愿：砍头后，鲜血不流到地上，全都飞溅到空中的白布上——血溅白练；天降大雪（当时是农历六月，正是夏天）——六月飞雪；楚州三年大旱——亢旱三年。窦娥被处死后，三桩誓愿全都实现。

第四折

窦天章当了大官，专门负责核查案件、监察官员。他巡访到楚州，发现了窦娥的案卷。窦娥这个名字是蔡婆婆起的，所以窦天章并不知道她就是自己的女儿窦端云，直到窦娥的鬼魂出现，把窦天章吓了个半死。鬼魂诉说了冤情，窦天章才明白这是怎么回事。他找到蔡婆婆、张驴儿，重新审理此案，终于使真相大白。张驴儿毒杀父亲、诬陷好人，被判死刑；楚州太守桃杌错办冤案，被判杖责一百下，革除官职；赛卢医谋害人命，还为张驴儿配了毒药，被判发配充军。窦娥的冤屈终于得以昭雪。

窦娥被押至刑场,深感冤屈的她怒斥天地无眼、冤枉好人。窦娥不甘心就这样枉死,她坚信自己的死会感天动地,于是许下三桩誓愿——血溅白练、六月飞雪、亢旱三年,希望用奇迹来证明自己的清白。

《窦娥冤》第三折(节选)

窦　娥:窦娥告监斩大人,有一事肯依窦娥,便死而无怨。

监斩官:你有什么事?你说。

窦　娥:要一领净席,等我窦娥站立,又要丈二白练,挂在旗枪上。若是我窦娥委实冤枉,刀过处头落,一腔热血休半点儿沾在地下,都飞在白练上者。

监斩官:这个就依你,打什么不紧。

(刽子手做取席、站科①,又取白练挂旗上科)

窦　娥:不是我窦娥罚下这等无头愿,委实的冤情不浅。若没些儿灵圣与世人传,也不见得湛(zhàn)湛青天。我不要半星热血红尘洒,都只在八尺旗枪素练悬。等他四下里皆瞧见,这就是咱苌(cháng)弘化碧,望帝

---

① 科:科范,又简称科,是说明剧中人物的动作表情和音响效果的。这里的"取席、站科"就是指刽子手做出了取席子、站着的动作。

特别推荐

啼鹃①。

剑子手：你还有甚的说话，此时不对监斩大人说，几时说那？

窦　娥：大人，如今是三伏②天道，若窦娥委实冤枉，身死之后，天降三尺瑞雪，遮掩了窦娥尸首。

监斩官：这等三伏天道，你便有冲天的怨气，也召不得一片雪来，可不胡说！

窦　娥：你道是暑气暄，不是那下雪天；岂不闻飞霜六月因邹衍③（yǎn）？若果有一腔怨气喷如火，定要感的六出冰花滚似锦，免着我尸骸现；要什么素车白马，断送出古陌荒阡？

窦　娥：大人，我窦娥死的委实冤枉，从今以后，着这楚州亢旱三年。

监斩官：打嘴！那④有这等说话！

窦　娥：你道是天公不可期，人心不可怜，不知皇天也肯从人愿。做甚么三年不见甘霖降，也只为东海曾

---

① 苌弘化碧，望帝啼鹃：指两个典故。苌弘是周朝的一位大臣，因为被人诬陷而自杀。三年后他的血液变成了晶莹的碧玉。望帝指战国时蜀地的国王杜宇，他被国中大臣谋害，死后变为杜鹃，日夜鸣叫，直到口中出血。窦娥提到这两个典故，显然是为了表明自己和苌弘、望帝一样，都是冤死的。
② 三伏：一般指一年中天气最热的时期。
③ 邹衍：战国时燕国的大臣，也是遭人陷害而死。传说他死去时正是农历五月，地上竟然结了霜，也证明邹衍的死是冤枉的。
④ "那"：通"哪"。

经孝妇冤①。如今轮到你山阳县，这都是官吏每②无心正法，使百姓有口难言。

刽子手：怎么这一会儿天色阴了也？好冷风也！

窦　娥：浮云为我阴，悲风为我旋，三桩儿誓愿明提遍。婆婆也，直等待雪飞六月，亢旱三年呵，那其间才把你个屈死的冤魂这窦娥显。

监斩官：呀，真个下雪了，有这等异事！

刽子手：我也道平日杀人，满地都是鲜血，这个窦娥的血，都飞在那丈二白练上，并无半点落地，委实奇怪。

---

① 孝妇冤：东海孝妇本名周青，很早就死了丈夫，又没有儿子，但赡养婆婆非常周到。婆婆因不想拖累她，上吊自杀，而婆婆的女儿却诬陷孝妇杀了母亲。孝妇因此入狱，并被屈打成招，最终被太守处死。孝妇被斩时，许下三宗愿：血将倒流、六月飞雪、大旱三年。孝妇被杀后三年，郡中果然大旱，证明孝妇是被冤枉的。直至新太守亲自祭拜孝妇之墓并表彰其德行，天才下起雨来。
② "每"：通"们"。

特别推荐

　　监斩官：这死罪必有冤枉，早两桩儿应验了，不知亢旱三年的说话，准也不准？且看后来如何。左右，也不必等待雪晴，便与我抬她尸首，还了那蔡婆婆去罢。

　　窦娥的三桩誓愿由弱到强，一桩比一桩更长久，一桩比一桩影响范围更大，一步步递增，烘托出悲壮的气氛，也反映出窦娥越来越强烈的反抗精神。此外，窦娥在临死前发下三桩誓愿，希望借助超自然的力量来证明自己的清白，可见当时的社会毫无公平正义，窦娥无法利用正常的途径来为自己平反，只能把希望寄托于奇迹。

谁害死了窦娥

《窦娥冤》是中国历史上有名的悲剧,虽然窦娥的冤屈被她父亲窦天章澄清了,但这里还有一个问题:窦娥的冤屈到底是怎么形成的?

最直接的原因,当然就是元代的腐败政治。负责审讯窦娥的贪官桃杌,收受了张驴儿的贿赂,还没怎么审,就先把窦娥打了一顿。尽管窦娥据理力争,说清楚了事情的原因,明眼人一听就知道是张驴儿犯了罪,可桃杌仍然下令判窦娥死刑,害死了窦娥。

除贪官污吏之外,人口买卖也是窦娥去世的原因之一。要不是窦娥的父亲窦天章用自己的女儿抵了债,窦娥就不会成为蔡婆婆的儿媳,说不定就可以跟父亲窦天章一起过着清贫但安稳的生活。

那窦天章为什么要拿女儿抵债呢?这就又牵扯到了当时的高利贷。所谓高利贷,就是向别人借钱以后,还钱的时候不仅要还借的那些钱,还要向债主支付利息,而且是很高的利息。像窦天章,借了蔡婆婆二十两银子,一年以后就得还四十两。对于穷苦人来说,哪儿还得起啊。所以,高利贷盛行也是导致窦娥悲剧的一个重要原因。

混乱的社会秩序也导致了窦娥的悲剧。虽然蔡婆婆是个放高利贷的人，但她还算善良，把窦娥接到自己家以后，对窦娥也不错。但是，当时社会极其混乱，比如还不上钱的赛卢医，竟然想着直接把蔡婆婆勒死，事情失败以后，他还能远走他乡，一点儿也没受到法律的惩罚。张驴儿父子想霸占蔡婆婆和窦娥，强行住到她们家里，也没人来管管，最终导致了窦娥的悲剧。

窦娥只是元代社会中的一个小人物，她所面对的这些贪官污吏、人口买卖、高利贷、混乱的社会秩序等，也是当时广大元代人民所面对的。可见，当时像窦娥这样遭受不公待遇的人并不少，窦娥只是当时百姓的一个缩影罢了。

七嘴八舌

窦天章

不是我狠心不要女儿，实在是还不起钱了呀！

哼，就你窦娥一个小女子，还想和我斗？

张驴儿

桃杌

窦娥呀，你可别怪我啊，你干吗不来给我送钱呢？只要你给的钱多，我就可以放了你啊。

来听故事吧

《西厢记》

不要包办,自由恋爱

全　　　名:《崔莺莺待月西厢记》
作　　　者:王实甫
作品年代:元代
体　　　裁:元杂剧
篇　　　幅:五本二十一折五楔子
地　　　位:与《庄子》《离骚》《史记》《杜工部集》《水浒传》并称为"六才子书"

崔莺莺

性格特点：渴望爱情、聪明机灵

崔莺莺是前朝崔相国的女儿，十九岁，长得十分漂亮。小时候报了各种培训班，绣花缝衣、作诗书法，样样精通。在古代，儿女的婚姻大事完全由父母做主，直到结婚那天，夫妻二人才第一次见面。所以古代人结婚是件很刺激的事儿，和买彩票差不多。莺莺已经十九岁了，早就被父亲许配给她舅舅的孩子，也就是莺莺的表哥，叫郑恒。故事发生的时候，莺莺的父亲刚刚去世，她和母亲一起把父亲的灵柩（jiù）送回老家，半路在普救寺暂住。在庙里，莺莺遇到了男主人公张珙（gǒng），并且爱上了他。莺莺不顾已有婚约在身，勇敢地同张珙交往，并最终说服了母亲，同张珙成婚。有意思的是，刚开始和张珙交往时，莺莺也防着母亲，所以经常对张珙装出一副"我不要理你""请您自重"的样子，反倒把张珙搞得晕头转向，观众看了也觉得莺莺好狡猾。

张珙

性格特点：诚恳朴实、有才华、有胆识

张珙，字君瑞。古人习惯将读书人称为某生，所以故事中的张珙也被叫作张生。他的老爸是礼部尚书，地位很高。然而他的老爸老妈很早就去世了，家道中落，境况窘迫。他进京赶考，路过普救寺，没想到遇见了一个大美女——崔莺莺。于是他勇敢地上前搭讪，并且通过写诗的方式与莺莺增进交流。当叛将孙飞虎企图抢走莺莺时，张生先用缓兵之计稳住敌人，然后写信请来援兵，称得上是有胆有谋。当莺莺母亲悔婚时，张生甚至跪在红娘面前求她帮忙，可见一片诚心。

闪亮登场

红娘

性格特点：聪明伶俐

红娘是崔莺莺的贴身丫鬟。起初，她奉崔夫人之命专门监视莺莺，阻挠莺莺和张生交往，所以莺莺一度觉得红娘十分碍事儿。后来，张生请来援兵打退孙飞虎，可崔夫人却要悔婚，这让红娘反而决定帮助张生和莺莺这对才子佳人。红娘细心体贴地牵线搭桥，安排二人见面，又巧妙地指出老夫人的错误，说服她给张生一次机会。没有聪慧机敏的红娘，就没有这段美好姻缘，"红娘"也因此成了媒婆的别称，可见这个人物多么深入人心。

《西厢记》就是这么回事儿

元杂剧大多是一本四折一楔子，王实甫太能写，这部《西厢记》有五本二十一折五楔子，一部顶五部，演员演完都累吐血了。那这么长的剧本到底讲了什么故事呢？

第一本　张君瑞闹道场

崔莺莺的父亲崔相国刚刚去世，母女两人准备将崔相国的灵柩送回家乡，路过普救寺，暂住下来。张生进京赶考，也路过普救寺，于是进寺游玩，见到了崔莺莺，一见钟情，便决定留下，找机会和莺莺套近乎。第二天，张生见到了莺莺的丫鬟红娘，便向红娘做了自我介绍。红娘把事情告诉莺莺小姐，发现小姐好像对张生也产生了好感。

第二本　崔莺莺夜听琴

手握重兵的将军孙飞虎知道莺莺貌美，就想强抢莺莺为妻，于是带兵包围了普救寺。情急之下，崔老夫人许诺，谁能解普救寺之围，就把莺莺嫁给谁。张生一听，心想天助我也。于是马上修书一封，让人送给自己的好友白马将军杜确。杜确看到书信，马上率军前来，抓住了孙飞虎。张生于是乐颠颠地等着老夫人把莺莺嫁给自己。没想到，崔老夫人却说："小伙子，干得漂亮啊，我这就让你和莺莺结为兄妹。"兄妹？什么情况啊？不是结婚吗？老婆子耍赖皮！这时，连红娘都看不下去了。于是，红娘安排张生和莺莺半夜相会，让张生弹琴为号。

第三本　张君瑞害相思

张生得了相思病，精神恍惚，红娘前去探望。张生写了封信，请红娘带给莺莺。莺莺收到书信后十分高兴，于是回信一封，约张生在某时某地幽会。收到回信，张生乐得鼻涕泡都出来了，就等着和莺莺见面。到了见面的时间，莺莺害怕被老夫人发现，反而将张生数落一通："一个大男人，半夜不睡觉，在院子里干什么？谁要跟你见面？来人啊，有人耍流氓啦……"莫名其妙挨了一顿骂，张生病得更加厉害。此时，莺莺又给张生写了一封信，让他放心，自己定要和他结为夫妻。

第四本　草桥店梦莺莺

张生与莺莺再次见面，私订终身。老夫人感觉不对，便拷问红娘。红娘说："当时您就说，谁打退了孙飞虎，就把小姐嫁给谁。人家张生请来援兵，救了小姐，您倒好，出尔反尔，让二人结为兄妹，您这么做太没信用了。"老夫人无言以对，但又不想真把莺莺嫁给张生，于是又给张生出了一道难题：要娶莺莺也行，先考个状元来！状元哪儿那么好考？老夫人这招太狠。张生只好咬牙答应，准备动身去京城，两人在长亭洒泪分别。离开了莺莺，张生连觉都睡不好，经常梦见莺莺。

第五本　张君瑞庆团圆

老天爷成全啊，张生居然真的考中了状元。眼看好事要成，崔相国以前定的娃娃亲——郑恒找上门来。他谎称张生中了状元后娶了大官的女儿，不会再回来了，并且逼莺莺履行婚约，嫁给自己。正在此时，张生赶了回来，郑恒的骗局不攻自破。张生和崔莺莺这对有情人终成眷属。

老夫人悔婚后，红娘替小姐和张生向老夫人求情，说老夫人不该言而无信，让张生与小姐以兄妹相称。老夫人理亏，无奈告诉张生，崔家不要没有官职的女婿，要想娶莺莺，必须考取功名才行。于是张生背上行囊进京赶考，莺莺在十里长亭为他送行。

《西厢记》第四本第三折（节选）

老夫人：今日送张生赴京，十里长亭，安排下筵席。我和长老先行，不见张生小姐来到。

崔莺莺：今日送张生上朝取应，早是离人伤感，况值那暮秋天气，好烦恼人也呵！悲欢聚散一杯酒，南北东西万里程。

碧云天，黄花地，西风紧。北雁南飞。晓来谁染霜林醉？总是离人泪。

恨相见得迟，怨归去得疾。柳丝长玉骢①（cōng）难系，恨不倩疏林挂住斜晖。马儿迍迍的行，车儿快快的随②，却③告了相思回避，破题儿又早别离。听得道一声

---

① 玉骢：玉花骢，泛指骏马。
② 马儿迍迍的行，车儿快快的随：张生骑着马故意慢慢地走，想跟莺莺多待一会儿，莺莺的车快快地跟随，是想和张生离得近一些，一会儿都不想分开。这对恋人依依惜别，难舍难分，所以走得特别慢。
③ 却：通"恰"。

去也，松了金钏；遥望见十里长亭，减了玉肌①：此恨谁知？

红　　娘：姐姐今日怎么不打扮？

崔莺莺：你那知我的心里呵？

见安排着车儿、马儿，不由人熬熬煎煎的气；有甚么心情花儿、靥（yè）儿，打扮得娇娇滴滴的媚；准备着被儿、枕儿，则索昏昏沉沉的睡；从今后衫儿、袖儿，

---

① 听得道一声去也，松了金钏；遥望见十里长亭，减了玉肌：刚刚听见张生喊了一声"走啦"，莺莺的金钏就松了；才远远望见送别的长亭，莺莺就瘦了。这一句是千古名句，王实甫用了超前夸张的手法。

都揾(wèn)帮重重叠叠的泪。兀的不闷杀人也么哥!兀的不闷杀人也么哥!久已后书儿、信儿,索与我凄凄惶惶的寄。

上文取自《长亭送别》的第一部分,作者用绝妙的景色描写和夸张的手法烘托出莺莺的不舍和无奈。前半部分写得比较含蓄,说明莺莺读书多、文笔好,又有修养,并且能看出她即便是悲伤欲绝,也不会失态哭闹,仍有相国小姐的端庄。而后半部分中红娘问莺莺的那句"姐姐今日怎么不打扮?"一下子打开了莺莺的情感闸门。所以最后一段用了一大串排比句,通俗又形象地把莺莺的愁闷一口气倾倒出来,实在精妙。

功名诚可贵，爱情价更高

古人对婚姻可是相当重视的，"父母之命，媒妁之言"，要是没有经过父母的同意，没有通过媒人的介绍，男女双方是不可能结婚的。而宋代之后的汉族女子都是大门不出二门不迈，只能在自己家里待着，根本没有什么机会见到外人，婚事只能是父母说了算。所以，古代女子结婚之前，大部分都没有见过自己的丈夫，更不用说了解了。这样的婚姻制度害惨了不少人，当时就有很多文学作品反对、抨击它，而《西厢记》就是其中最有名的作品之一。

《西厢记》里，崔莺莺是相国的女儿，而张生只是个穷书生，二人地位天差地别，本来不可能有结婚的机会。然而，崔莺莺与张生却阴差阳错见了面，还一见钟情。之后，二人一起写诗、听琴，对对方都有了更深入的了解，相爱至深。这样心灵契合的爱情，正是对封建婚姻制度的反抗。

在中国古代，当官可以说是读书人唯一的出路。一个读书人，只有考取了功名，才算是有了出头之日。可是，作为一个书生，张生却为了崔莺莺而放弃了科举考

文苑杂谈

试，放弃获取功名利禄的大好时机，直到最后才被迫去考试。崔莺莺也并不看重功名，认为"但得一个并头莲，煞强如状元及第"。考中状元是当时多少人的梦想呀，崔莺莺却觉得考状元还比不上两个人的恩恩爱爱。

《西厢记》批判了封建婚姻制度，对后世文学产生了很大影响。比如《红楼梦》就借林黛玉和贾宝玉一起读《西厢记》的情节来表示他们对封建制度的反抗。

贾宝玉：咱俩之间，就差来个红娘帮忙了……

林黛玉

七嘴八舌

郑恒

姓张的!你怎么回来得这么快?你要是晚回来一点儿,崔莺莺不就是我的人了吗?

哇!这个女子是谁?崔莺莺?太美了!我要娶她!

孙飞虎

张君瑞

什么情况?不是说谁能退兵就把莺莺嫁给谁吗?怎么还让我去考状元?

来听故事吧

《倩女离魂》

到底是美女还是鬼

全　　　名：《迷青锁倩女离魂》
作　　　者：郑光祖
作品年代：元代
体　　　裁：元杂剧
篇　　　幅：四折
地　　　位：与关汉卿的《拜月亭》、王实甫的《西厢记》和白朴的《墙头马上》并称"元杂剧四大爱情剧"

张倩女

性格特点:痴心、坚贞、勇敢

张倩女是整部戏的女主角,一个普通人家的女儿,十七岁,多才多艺。她十分勇敢,也渴望爱情,第一次见到王文举,就认定这是自己喜欢的人。而且,她不贪图富贵,喜欢的就是王文举这个人,根本不在乎他到底有没有功名,倒是担心王文举考中以后会忘了她,另娶别人。王文举上京赶考后,她又魂魄离体,追随王文举而去。王文举看到张倩女,十分担心,劝她赶紧回家,要遵守礼教,等他状元及第,回乡明媒正娶。张倩女却大胆地向王文举表明自己的心意,还说如果王文举考不中,哪怕只能穿粗布衣服、吃粗粮,她也愿意嫁给他。这样的痴心直率,使张倩女光彩照人,令千百年后的人都赞叹不已。

王文举

性格特点：痴心专情、胆小懦弱

王文举是戏中的男主人公，父亲原是衡州同知，但很不幸，后来父母双亡，家道中落。王文举痴心专情，自从见过张倩女后，就一心想着她，哪怕高中状元，也没有想过重新娶一个更有权势人家的女儿。但是，王文举又是一个胆小懦弱、深受封建思想影响的人。在得知自己只有考取功名才能迎娶张倩女后，他一点也没有怨言，反而觉得这样的要求很正常。后来，张倩女的魂魄千里迢迢追上他，要陪着他去京城，他并不十分高兴，竟然还劝张倩女赶紧回家，认为没有举行婚礼就和张倩女在一起是名不正言不顺，有伤风化。堂堂大丈夫，胆量竟然还不如张倩女一个弱女子，可见他的胆小懦弱。

张母

性格特点：封建、顽固

张母是张倩女的母亲，一个深受封建思想毒害的人。她有着很强烈的门第观念，觉得没有功名的文人配不上自己的女儿，就逼着王文举考取功名，一心想把自己的女儿嫁给官员。

尽管如此，也不能说张母就是一个坏人。她并未因王文举家道中落而违背当初的婚约，反而多次邀请王文举到张家做客。她疼爱自己的女儿，张倩女生病后，张母非常着急，到处寻医问药。王文举回来后，张母也没有变卦，遵守诺言将女儿嫁给了他。可见，张母虽然一开始不愿意把张倩女嫁给王文举，实际上也不过是一个受封建思想影响的、爱护女儿的母亲罢了。

《倩女离魂》就是这么回事儿

中国古时,男子为了考取功名,不得不离开家乡去京城参加考试。而古代又没有现在的高铁飞机,古人只能步行或乘坐马车,所以他们一出门就是好几个月不能回家。妻子在家里思念丈夫,思念至极,会有什么神奇事情发生呢?

楔 子

张倩女很小的时候,父亲就去世了,母亲张母一个人把她拉扯大。张倩女父亲还活着的时候,与王同知关系很好。王同知有个儿子,叫王文举。张倩女的父亲就和王同知结了亲家,约定儿女长大以后就让他们结为夫妻。王文举长大后,要去京城参加科举考试,就顺便来张家拜访,看望自己的未婚妻张倩女和她的母亲。

第一折

张倩女见过王文举后,心里很喜欢,想要嫁给他,可又怕他在京城考中功名当上大官以后变了心,非常担

忧。正在烦恼着，丫鬟梅香来请张倩女去和王文举告别，张倩女就和张母一起到折柳亭给王文举饯行。

喝完了饯行酒，临出发时，王文举问张母，两家的这门亲事还算不算数。"俺家三辈儿不招白衣秀士。"张母如此告诉王文举，让王文举考中功名再来迎娶女儿。一听到这句话，张倩女高兴得不得了，与王文举依依惜别，约定王文举一考完试就回来娶她。

第二折

张倩女送别王文举后没多久，就生了一场大病，卧床不起。张母非常着急，请了很多医生来都没有用。

而这时，已经乘船走出很远的王文举也饱受相思之苦，已把船停靠在岸边，在船上弹起琴来。突然，他听到岸上有女子在说话，听声音好像是张倩女，探头一看，果然没错。王文举心里很奇怪：她不在家好好待着，怎么来这里？张倩女说自己舍不得他，偷偷从家里跑了出来，想陪着他一起去京城。王文举一听这话，吓了一跳，劝她赶紧回家，可张倩女非常坚定，就要跟着王文举去京城。王文举也被她的情意感动了，答应带她一起去赶考。

第三折

王文举到京城,考中了状元,打算回张家迎娶张倩女。临出发时,他给张家写了一封信,说自己已经考中状元,"待受官之后,文举同小姐一起回去了"。

而在张家,张倩女还在床上病着,一直都没有好起来。张母非常担忧,却也没办法。王文举的信送到后,张倩女拿过信一看,气得不行:我在家里因为思念你而生病,你竟然已经在外面找了新的妻子,还说要带着她一起回来,太过分了。

第四折

王文举带着张倩女一起回到了张家。张母本来还很生气,看到王文举身边站着的那位小姐后吓了一跳,这女子竟然跟张倩女长得一模一样。王文举也吓坏了,以为一直陪着他的这个张倩女是妖精,就要把她杀掉。

张倩女赶紧解释,说自己不是妖精,让王文举看在旧日的情分上,放自己去找张母验明真身。张母让梅香领她去见躺在床上的张倩女。紧接着,两个张倩女就合成了一个人,张倩女的病也就好了。

原来,张倩女非常想念王文举,竟然魂魄出窍,化成人形,跟着王文举去了京城。魂魄都出窍了,张倩女

特别推荐

自然也就出现了令医生都束手无策的病弱状态。而等魂魄和身体合二为一后,这"病"自然也就好了。

王文举在张倩女魂魄的陪伴下，赶到京城参加科举考试，考中状元后便带着她一起到了张家，结果却发现张家还有一位张倩女，正生了病躺在床上。

《倩女离魂》第四折（节选）

（梅香扶正旦昏睡科）

（魂旦①见科）

张倩女的灵魂：（唱）【挂金锁】蓦入门庭，则教我立不稳行不正。望见首饰妆奁（lián），志不宁心不定。见几个年少丫环，口不住手不停；拥着个半死佳人，唤不醒呼不应。

【尾声】猛地回身来合并，床儿畔一盏孤灯。兀良，早则照不见伴人清瘦影。

（魂旦附正旦体科，下）

梅　香：（叫科）小姐！小姐！王姐夫来了也！

张倩女：（醒科）王郎在那里？

王文举：小姐在那里？

梅　香：恰才那个小姐②附在俺小姐身上，就苏醒

---

① 魂旦：指张倩女的魂魄。
② 那个小姐：指张倩女的魂魄。

了也。

（旦、末相见科）

王文举：小生得官后，着张千①曾寄书来。

张倩女：（唱）【侧砖儿】哎！你个辜恩负德王学士，今日也有称心时。不甫能盼得音书至，倒揣与我个闷弓儿！

【竹枝歌】打听为官折了桂枝②，别取了新婚甚意思？着妹妹目下恨难支，把哥哥闲传示。则问这小妮子，被我都嘶嘶的扯做纸条儿。

王文举：小姐分明在京，随我三年，今日如何合为一体？

张倩女：（唱）【水仙子】想当日暂停征棹饮离尊，生恐怕千里关山劳梦频。没揣的灵犀一点潜相引，便一似生个身外身，一

---

① 张千：王文举的仆人。
② 折了桂枝：与晋代郤诜有关。当年他考中科举，荣登榜首，后来晋武帝问他对自己有什么评价，他夸自己是"犹桂林之一枝，昆山之片玉"，意思是他觉得自己像月亮上的一根桂树枝、昆仑山上的一块美玉，是个特别出众的人才。唐代以后，科举制度盛行，人们就用"折桂"来表示科举考试考中状元。

般般两个佳人：那一个跟他取应，这一个淹煎病损。母亲，则这是倩女离魂。

原来，一直陪伴着王文举的，只不过是张倩女的魂魄，真正的张倩女还在张家的床上躺着生病呢。张母非常高兴，趁良辰吉日，为王文举和张倩女举办了婚礼，两个有情人终于结为夫妻。

文苑杂谈

身体和灵魂，总有一个在路上

在中国古代，婚姻可由不得自己做主，而是由父母和媒人决定，绝大多数人在结婚前都没有见过对方一面，更不用说了解对方。这么一来，就产生了不少爱情悲剧，也有不少男女在这种制度下饱受摧残。而《倩女离魂》正是对这种制度的批判。

一方面，张倩女的魂魄不顾一切地追上王文举并成功说服了他，大胆奔放，摆脱了封建礼教的束缚，体现了当时女子对恋爱自由和婚姻自主的渴望，也代表着人性；另一方面，张倩女的身体却因为封建礼教而被禁锢在家里，只能默默地思念王文举，受着病痛的煎熬。一边渴望恋爱自由和婚姻自主，一边忍受着封建礼教的束缚，正是当时广大女性的真实处境。

除此之外，在古代，婚姻都建立在门当户对的基础上。穷人想和富贵人家结成亲家，可比登天还难。张母也是出于这个原因，才非要王文举考取功名。但是，张倩女用行为打破了这个观念，明确告诉王文举，哪怕他没有考中，自己也愿意嫁给他。女子能说出这样的话，在当时也是十分罕见的。

《倩女离魂》批判了封建礼教制度对广大女性的残害，打破了婚姻中的门第观念，有很强的感染力，才使它在文学史上占据如此高的地位。

欢乐谷

七嘴八舌

王文举

啥？一直陪着我的竟然是魂魄，我的妈呀！

唉，要是现实生活中的我也能像我的魂魄那样自由就好了。

张倩女

张母

原来是我家女儿的魂魄跑了，难怪请那么多医生也找不到病因呢？

来听故事吧

《墙头马上》
天下有情人终成眷属

全　　名：《裴少俊墙头马上》
作　　者：白朴
作品年代：元代
体　　裁：元杂剧
篇　　幅：四折
地　　位：与郑光祖《倩女离魂》、王实甫《西厢记》、关汉卿《拜月亭》并称"元杂剧四大爱情剧"

李千金

性格特点：爱憎分明、勇敢率真

　　李千金是皇室后裔、洛阳总管李世杰的女儿，才华过人，容貌出众。她勇敢率真，与寻常待字闺中的少女不同，一出场，便毫不掩饰地表达了对裴少俊的喜爱。两个人在墙上邂逅后，她便说"看上了一个好秀才"，之后更是主动追求，让贴身丫鬟替自己传递情书，约裴少俊跳墙进来见面。在那个封建礼教盛行的时代，女子都"大门不出二门不迈"，不可在陌生男子面前露脸，更别说私下让男子前来和自己约会，因为这样做非常不合礼法。而这位李千金却毫不掩饰对于爱情和婚姻的渴望，可见她的勇敢率真。李千金也是一个爱憎分明的人，为了爱情，可以不顾一切。后来裴少俊迫于压力休掉她时，她也不多挽留，与裴少俊恩断义绝。这样敢爱敢恨的女子，在当时的社会中是极为少见的。

裴少俊

性格特点：胆小怯懦、忠贞不渝

裴少俊其实是一个典型的书生形象，从小在官宦人家长大，接受的都是封建教育，不敢违抗父亲的命令，没办法摆脱家世门第对自己的影响。说他胆小怯懦，一方面是因为在奶妈发现他和李千金的私情后，他竟然直接跪了下去，请求奶妈饶过自己。相比李千金主动提出私奔，裴少俊这样的做法，无疑是懦弱的。另一方面是因为他不敢违抗自己的父亲。他将她藏在裴家后院近七年，生下儿女都不敢让父母知晓。在父亲发现这件事之后，他不敢帮着李千金说话，只能顺从父亲，忍痛给了她一封休书。然而，他也是忠贞不渝的，尽管与李千金的这段感情经历了无数波折，但他并没有始乱终弃、喜新厌旧。高中状元之后，他还是直奔李千金家，想取得她的原谅，这便是他对于爱情、对于李千金的执着与忠心。

裴尚书

性格特点：封建保守、顽固不化

裴尚书可以说是封建家长的代表性人物，在剧中，他是第一个出场的人物，毫不掩饰对儿子的夸赞，以裴少俊为骄傲。在裴少俊和李千金的爱情中，他是主要的阻碍。在自家后院发现李千金和孙儿孙女时，他毫不掩饰地用不堪的词汇指责辱骂李千金，说她身为官宦之女，竟然做出与人私奔这样的丑事，还要将李千金送官处理，说她败坏风俗。而对自己的儿子，他却没有过分指责，这既是因为偏心，也是因为顽固，认为错事都应该由女子承担后果。在剧中的最后一折，他和夫人带着李千金的一双儿女来给李千金道歉，话中却还带有一点责怪的意思，仿佛是怪李千金没有早点儿表明自己是李总管女儿的身份，才导致自己错怪了她。自始至终，裴尚书都没有改变自己顽固的封建思想。

《墙头马上》就是这么回事儿

在思想封建的古代，人们认为在结婚这件事上是"聘则为妻、奔则为妾"。可是却有这么一位女子，她坚毅果敢、敢爱敢恨，为了心爱的人，甘愿与他私奔，隐姓埋名七年，最终与爱人修成正果，得到了正妻的身份。

第一折

有一天，皇帝在御花园里游玩，看到花草都很普通，没有什么好看的，就命令工部尚书裴行俭去洛阳买一些奇花异草，回来种植。裴尚书年龄大了，一路奔波太辛苦，就请求皇上，允许自己的儿子裴少俊替自己去洛阳。裴少俊是个翩翩公子，风流倜傥，才华横溢。到洛阳以后的某一天，他骑着马路过一座花园，看到了在园中散步的李千金，两个人一见钟情。于是裴少俊就托自己的仆人张千给李千金送了一封情书，并告诉张千，如果对方喜欢，就招手，他就过去；如果对方不喜欢，那就摆摆手，他就走了。张千将纸条递给李千金之后，李千金一看是自己喜欢的人给自己写的情书，当时就回了一封信，让丫鬟梅香传过去，大胆地约裴少俊在晚上过来相

见。裴少俊正愁怎么赴约,张千出主意让他翻墙,终于成全了这墙头马上的相会。

第二折

自从收到李千金的情书之后,裴少俊就无心采买花草了,只盼着晚上去赴佳人。而李千金也在房中默默等待,还让梅香去接裴少俊,好不容易等到母亲睡熟,就立刻去见自己的心上人。

正当李千金和裴少俊互诉衷肠时,家中的奶妈听到了声音,找到了在房中私会的二人。因为害怕奶妈将这件事说出去,裴少俊就跪下来求奶妈不要声张,李千金也求奶妈放他们二人离开。但是,面对二人的求饶,奶妈不为所动,坚持要报官。裴少俊见软的不行,就来硬的,撒泼耍赖,说奶妈贪图他买花的钱,骗他到了李千金家。奶妈虽然软硬不吃,却最终还是心疼李千金,就给了李千金两个选择:裴少俊考中功名后再来迎娶李千金,倘若不中,李千金就要嫁给别人;他们两个立马离开,等裴少俊考取功名后,二人再回来认亲。考中状元可不是件容易的事情,李千金怕裴少俊考不中,于是选择了后者。李千金请奶妈照看自己的母亲,等将来裴少俊有了功名,再来认亲。奶妈见留不住小姐,也不忍心让小姐伤心，就放他们离开了。

第三折

裴少俊带李千金回了家，瞒着父母，将她安置在自己家的后院，每天大多数时间都在后院度过。裴尚书不知道事情真相，以为自己的儿子胸有大志，每天在后院苦读，也就没怎么管。就这样，裴少俊一瞒就是七年，李千金为他生了一对儿女，大儿子叫端端，小女儿叫重阳。他们一直生活在后院，从来没有见过爷爷奶奶。

清明节那天，因裴尚书得了风寒，裴少俊和母亲去祭奠祖先，裴尚书在家中闲来无事，想去后院看看儿子的功课。刚走到后院，裴尚书就遇到了两个小孩子，问他们是谁家的小孩，他们说是裴家的，听得裴尚书一头雾水，自己什么时候有这么大的孙子孙女了？接着，裴尚书看到一个妇人遮遮掩掩得很可疑，就走上前询问，才知道儿子在后院藏着一个女人和两个孩子！裴尚书气坏了，婚姻这种大事怎么能这么随便，认为眼前这个女人拖累了自己的儿子，毁坏儿子的前程和名声，就谴责李千金不守妇道，不是好人家的女儿，要把她送进官府。李千金据理力争，说这是天赐的姻缘。可裴尚书正在气头上，根本听不进去，说好人家的女儿做不出私奔这种

事情，让裴少俊给她一封休书。裴少俊反抗不了父亲，只好把李千金给休了。就这样，裴少俊跟着父亲上朝求官应举，两个孩子被留在了裴家，李千金被赶了回去。好在裴少俊重情重义，叮嘱张千将李千金送回洛阳。

第四折

回到洛阳后，李千金才得知父母双亡，又想到自己被休弃，悲痛万分。而裴少俊在被迫休妻之后，发奋苦读，考上状元，获赐洛阳县尹一职。于是他直奔洛阳，想重新求娶李千金。可是李千金不肯，只说自己已经被休了，二人没有做夫妻的缘分了，既不敢耽误裴少俊的前程，也不敢辱没裴家先祖。于是裴尚书和夫人带着孙子孙女，牵着羊，担着酒，亲自来给李千金赔礼道歉，说以前两家人就商量过要结个亲家，现在认亲也不晚。李千金还是很坚定，不肯再和裴少俊回去。奈何两个孩子一直在哭泣，作为母亲，她实在狠不下心抛弃自己还小的儿女，最终还是答应与裴少俊重归于好，一家人和乐团圆。

裴尚书发现李千金后，百般指责和辱骂，李千金则辩驳自己是好人家的女儿，这桩姻缘是上天注定的。于是裴尚书让她在石头上磨玉簪，用丝线拴着银瓶从井中打水，如果玉簪不折、丝线不断，便认这桩天赐的姻缘，否则就是上天不让他们做夫妻。这些都是没办法做到的事，无奈之下，李千金收下了裴少俊的休书，与裴少俊恩断义绝。

《墙头马上》第三折（节选）

李千金：少俊，端端，重阳，则被你痛杀我也！（唱）【沉醉东风】梦惊破情缘万结，路迢遥烟水千叠。常言道有亲娘有后爷，无亲娘无疼热。他要送我到官司，逞尽豪杰。多谢你把一双幼女痴儿好觑者，我待信拖拖去也。

李千金：端端，重阳，儿也！你晓事些儿，我也不能够见你了也！（唱）【甜水令】端端共重阳，他须是你裴家枝叶。孩儿也啼哭的似痴呆，这须是我子母情肠，厮牵厮惹，兀的不痛杀人也！

【折桂令】果然人生最苦是离别，方信道花发风筛，月满云遮①。谁更敢倒凤颠鸾,撩蜂剔蝎,打草惊蛇?坏了咱墙头上传情简帖,拆开咱柳阴中莺燕蜂蝶。儿也咨嗟,女又拦截,既瓶坠簪折②,咱义断恩绝!

张　千:娘子,你去了罢!老相公便着我回话哩。

李千金:少俊,你也须送我归家去来。(唱)【鸳鸯煞】休把似残花败柳冤仇结,我与你生男长女填还彻。指望生则同衾,死则共穴。唱道题柱③胸襟,当垆④的志节,也是前世前缘,今生今业。少俊呵,与你干驾了会香车,把这个没气性的文君送了也!(下)

裴少俊:父亲,你好下的也。一时间将俺夫妻子父分离,怎生是好?张千,与我收拾琴剑书箱,我就上朝取应去。一面瞒着父亲,悄悄送小姐回到家中,料也

---

① 花发风筛,月满云遮:花儿开放却被风吹落,月亮圆了却被云遮住,表示事物在圆满时受到摧残。李千金用它来表示自己刚刚与裴少俊过上幸福的日子,儿女双全,却被赶走,不得不离开裴家。
② 瓶坠簪折:从井底往上拉一个银瓶,正要拉上来时绳子却断了;在石头上磨一个玉簪子,正要磨好时簪子却折了,指事物即将圆满时前功尽弃,这里指李千金正要和裴少俊幸福过日子,却被赶出裴家。原诗《井底引银瓶》中有一句是"井底引银瓶,银瓶欲上丝绳绝。石上磨玉簪,玉簪欲成中央折"。引文最后的"诗云"部分也呼应了原诗。
③ 题柱:本是关于司马相如的典故:司马相如娶了卓文君后,准备进京赶考,路过当地的升仙桥时,在桥上题下了"不乘高车驷马,不过此桥",表示自己必定考取功成名就。李千金这里是说裴少俊像司马相如一样,有着高远的志向。
④ 当垆:本是关于卓文君的典故。卓文君嫁给司马相如后,因为司马相如家里太穷,只好跟着司马相如去卖酒。李千金提到这个典故,是表示自己有和卓文君一样的志节,同时也把自己和裴少俊比喻成卓文君和司马相如。所以下一句她说的"这个没气性的文君"就是指她自己。

不妨。

（诗云）正是：石上磨玉簪，欲成中央折。井底引银瓶，欲上丝绳绝。两者可奈何，似我今朝别。果若有天缘，终当做瓜葛。（下）

这不是刁难我吗？

李千金

李千金舍不得年迈的父母，只因爱上了裴少俊，才不得不离家出走。面对裴尚书的指责和污蔑，李千金说自己只钟情裴少俊一人，这是一桩天赐的姻缘。面对裴尚书的刁难，她坚定地维护自己的人格和尊严，敢于抛弃封建的伦理道德，勇于掌握自己的命运，真是个坚定勇敢的奇女子！

我要自由恋爱

《墙头马上》改编于唐代大诗人白居易写的一首乐府诗,叫《井底引银瓶》。两个作品讲的故事差不多,只是结局大不相同。

在白居易的诗里,这位女子被赶出来后,十分羞愧,不敢回家,想到自己为了男子牺牲了一切,却得到这样一个结局,内心充满了后悔与怨恨。而在白朴的《墙头马上》里,李千金与裴少俊有情人终成眷属。为什么白朴会这样改编呢?这与元代的社会环境和白朴自身的经历有很大关系。

元代的统治者是蒙古族人,他们受儒家文化的影响比较少,没有严格的礼法制度。而且,作为整天骑着马生活在草原上的游牧民族,他们也有点瞧不起儒家文化。所以,元代的社会环境比较宽松,对人们的思想控制没有以往严重,各个民族、地区之间的思想交流比较频繁。这在一定程度上减少了礼教对女性的思想束缚,为李千金的出现提供了可能性。

《墙头马上》的作者白朴出生于一个富裕的家庭,父亲是金朝的官员。可是,白朴刚出生不久,金朝就被蒙古灭亡。和父母失散的他幸好遇到父亲的好朋友、大诗人元好问，才勉强活了下来，也最终和父母团聚。蒙古军队的侵略使他在幼年时期流离失所，因此，他对蒙古人建立起的大元充满了厌恶，不愿意去做官。他四处游玩，了解普通大众的生活，捕捉到他们对爱情的追求与渴望，终于写出了李千金这个元杂剧中典型的女性形象。

李千金勇敢追求自己的爱情，大胆率真，敢作敢为。而且，她敢于向"父母之命，媒妁之言"的传统婚姻制度发起挑战，这给那些梦想恋爱自由、婚姻自主的女子开辟了一条道路。裴少俊和李千金的爱情虽然一波三折，但是最后还是得到了大团圆的美好结局。这既表达出了大众对美满婚姻的向往，也暗示着对封建礼教的反抗最终会取得胜利。

七嘴八舌

李千金

你们裴家欺人太甚!我都做到这份儿上了还要把我休了,哼!

唉?我就是出了趟门,怎么回来就不见老婆了?

裴少俊

裴尚书

哎呀,这不是李老哥的女儿嘛!这简直是大水冲了龙王庙,一家人不认识一家人呀!

来听故事吧

《汉宫秋》

一个画师引发的家国悲剧

全　　　名：《破幽梦孤雁汉宫秋》

作　　　者：马致远

作品年代：元代

体　　　裁：元杂剧

篇　　　幅：四折

地　　　位：与关汉卿的《窦娥冤》、白朴的《梧桐雨》和纪君祥的《赵氏孤儿》并称"元杂剧四大悲剧"

王昭君

性格特点：坚韧顽强、慷慨大义

王昭君是整部戏的主角，她非常美丽。在古代，皇帝每过几年就会选一次秀女，把长得好看的女子选进宫里当妃子。能当皇帝的妃子，可是件荣耀的事情，所以不少女子都盼着自己能进宫，得到皇帝的宠幸。正好这年，皇帝派宫廷画师毛延寿去给秀女画像并以供其挑选。很多人为了让毛延寿把自己画好看一点儿以便顺利进宫，就给毛延寿送礼。可王昭君很有骨气，不愿意给毛延寿送礼，毛延寿就故意把她画丑了，害得王昭君在宫里白白蹉跎了十年。直到与汉元帝相见，王昭君才得到圣爱，与汉元帝恩恩爱爱，终于过上了好日子。可是，好景不长，毛延寿将她出卖给了匈奴，汉元帝受到匈奴首领呼韩邪单于的胁迫，不得不将她送给匈奴。王昭君内心悲痛不已，不仅是因为要离开与她两情相悦的汉元帝，更是因为要离开生她养她的汉朝土地，离开她的家人父老。可是，尽管这样，王昭君还是自愿出使，愿意用自己的生命来报效汉元帝，使汉朝与匈奴两国和平相处，不起战争。最后，王昭君在两国交界处舍身殉难，既保全了气节忠贞，也没有违背两国协议。这样的悲壮之举，与汉朝官员们不敢出战、"只凭佳人平定天下"形成了鲜明的对比，令人赞叹。

汉元帝

性格特点：昏庸自负、懦弱无能

汉元帝是整部戏的男主角，并不是一个坏人，可他的懦弱间接导致了王昭君的死亡。最开始，汉元帝很自负，认为自己当皇帝以后天下太平，没有什么值得发愁的事儿，只是忧愁后宫里没有美人陪他。后来，毛延寿

巧言令色①，劝他在天下遍选美女，正好合了汉元帝的心思。等到毛延寿投靠了匈奴，呼韩邪单于向汉元帝索要王昭君的时候，汉元帝才开始着急，大骂朝廷百官，认为他们没有任何才能。可是，由于汉元帝一直以来都昏庸无能，满朝文武根本不怕他，尚书竟然还敢当面斥责他，说他过于宠爱王昭君，不理政事，才会导致这样的结局。保不住自己的妃子，管不住手下的大臣，当皇帝当到这份儿，实在太悲哀了。

毛延寿

性格特点：贪婪奸诈、毫无骨气

相比汉元帝，毛延寿是一个不折不扣的反派。平日里，他不停地讨好汉元帝，谄媚至极，仗着汉元帝的宠信作威作福。在为汉元帝选秀的过程中，他竟然敢明目

---

① 巧言令色：话说得很动听，脸色装得很和善，可是一点儿也不诚恳。

闪亮登场

张胆地索要贿赂。王昭君不肯行贿,他还故意把王昭君画丑,害得王昭君在宫里十年都没有见到汉元帝一面。王昭君被封成明妃,毛延寿贪污受贿的恶行败露之后,他又不敢认罪,还背叛了自己的国家,跑到敌国,为敌人出谋划策,劝呼韩邪单于夺取王昭君,直接导致了王昭君的悲剧。

剧透先锋

《汉宫秋》就是这么回事儿

昭君出塞的故事,大家估计都很熟悉了,王昭君牺牲自己,自愿去与匈奴和亲,大义无畏,令人钦佩。但就是这么一个为人熟知的故事,《汉宫秋》却偏偏写出了新花样。

楔 子

北方少数民族匈奴的首领呼韩邪单于久居朔漠,独霸北方。他派遣使者向汉元帝进贡,请求汉元帝将公主嫁给他。而此时汉元帝被奸臣画师毛延寿蒙蔽,不理朝政,喜爱女色,打算在民间选取貌美的女子来做妃子。

第一折

毛延寿奉汉元帝的命令到各地选妃,在秭归县见到了王嫱(qiáng,字昭君),发现王昭君长得极美,可谓天下绝色,就打算把她进献给汉元帝。毛延寿十分贪婪,向王昭君索要百两黄金,可是王昭君家里很穷,根本拿不出这么多钱,再加上王昭君认为自己长得这么美,肯定不会被埋没，就怎么也不肯给毛延寿行贿。毛延寿非常生气，就把王昭君给画丑了点。王昭君入宫后，汉元帝一直以为她很丑，一次也没有召见过她，王昭君在宫中闲待了十年。

有一次，汉元帝在宫里闲逛，正好遇到王昭君在弹琵琶。汉元帝被琵琶声吸引，一见王昭君就被迷住了，极为宠爱。王昭君受宠后，就告发了毛延寿。汉元帝大怒，下令捉拿毛延寿。

第二折

毛延寿听说汉元帝派人来捉他，吓得连夜逃跑，一路跑到匈奴，把王昭君的画像献给了呼韩邪单于，还骗呼韩邪单于说王昭君本来自愿嫁到匈奴，但汉元帝见王昭君长得特别美，就把她据为己有了。呼韩邪单于一看，王昭君真是太美了，要是能让她做妻子，那真是太幸福了。于是，他给汉元帝写了一封信，求娶王昭君为妻，还威胁汉元帝，说如果汉元帝不把王昭君送给他，他就要带兵南下攻打汉朝。

汉元帝听闻消息后非常生气，召集文武百官，想要抗击匈奴。可是，朝廷官员都认为为了一个女子和匈奴发生战争不划算，而且以汉朝当时的国力也打不过匈奴，

剧透先锋

不如就把王昭君送出去。实在没办法，汉元帝只好答应呼韩邪单于，将王昭君送到匈奴。

第三折

王昭君即将出行，汉元帝带着文武百官前来送别。王昭君内心悲痛，请求汉元帝将自己往日穿过的汉朝旧衣留下，做个念想。汉元帝也很舍不得王昭君，一直不肯离开。

走着走着，王昭君看到一条河，便问呼韩邪单于这是什么河，呼韩邪单于告诉她这是黑河，过了这条河，就到匈奴了。王昭君一听，想到再也不能回到汉朝，十分痛苦，便请求用一杯酒"辞了汉家"，又趁呼韩邪单于不注意，跳进黑河自杀了。呼韩邪单于觉得特别可惜，只好令人将王昭君葬在黑河边，命名为青冢。为了保持和汉朝的良好关系，呼韩邪单于还把毛延寿捉了起来，送到了汉朝，交由汉元帝处置。

第四折

王昭君去世后，汉元帝一直思念不已，一百天都没有上朝理政。一天，汉元帝看着挂在墙上的王昭君画像，喝着闷酒，不知不觉睡着了，竟梦见王昭君从匈奴逃了回来，二人互诉相思。醒来以后，汉元帝十分失落。正在这时，押送毛延寿的匈奴使者告诉汉元帝，王昭君已经自尽，呼韩邪单于将毛延寿送了回来，希望两国能够继续交好，不要发生战争。

汉元帝知道了王昭君去世的消息，悲痛不已，命人将毛延寿斩首来祭祀王昭君，又犒劳并遣返了匈奴的使者。

特别推荐

汉朝国力衰弱,汉元帝懦弱无能,没办法,只好将王昭君送给呼韩邪单于,希望能和匈奴保持友好关系,以免发生战争。王昭君深明大义,同意前往匈奴,可是,故土难离,与汉元帝依依不舍地离别后,在两国交界的黑河投河自杀,保全了自己的气节。

《汉宫秋》第三折(节选)

汉元帝:(唱)【七弟兄】说什么大王、不当、恋王嫱,兀良!怎禁他临去也回头望。那堪这散风雪旌节影悠扬,动关山鼓角声悲壮。

【梅花酒】呀!俺向着这迥(jiǒng)野悲凉。草已添黄,兔早迎霜①。犬褪得毛苍,人擗(shuò)起缨枪,马负着行装,车运着糇(hóu)粮②,打猎起围场。他③、他、他,伤心辞汉主;我、我、我,携手上河梁。他部从入穷荒;我銮(luán)舆(yú)④返咸阳。返咸阳,过宫墙;过宫墙,绕回廊;绕回廊,近椒房;近椒房,月

---

① 草已添黄,兔早迎霜:草变黄了,兔子开始迎接寒冬的到来。这一句描写秋天的悲凉景象,用来表达汉元帝内心的悲痛。
② 糇粮:地方长官因公出差或率军出征所携带的干粮。
③ 他:古代的"他"可以同时指女性和男性,还可以指有生命或无生命的物体。本书的原文选段中多次出现这种情况。
④ 銮舆:天子的车驾。

昏黄；月昏黄，夜生凉；夜生凉，泣寒螀（jiāng）；泣寒螀，绿纱窗；绿纱窗，不思量！①

【收江南】呀！不思量，除是铁心肠；铁心肠，也愁泪滴千行。美人图今夜挂昭阳，我那里供养，便是我高烧银烛照红妆。

尚　书：陛下，回銮罢，娘娘去远了也。

汉元帝：（唱）【鸳鸯煞】我索大臣行说一个推辞谎，又则怕笔尖儿那伙编修讲。不见他花朵儿精神，怎趁那草地里风光？唱道伫立多时，徘徊半晌②，猛听的塞雁南翔，呀呀的声嘹亮，却原来满目牛羊，是兀那载离恨的毡车半坡里响。（下）

番　王：（引部落拥昭君上）今日汉朝不弃旧盟，将王昭君与俺番家和亲。我将昭君封为宁胡阏氏③，坐我正宫。两国息兵，多少是好。众将士，传下号令，大众起行，望北而去。（做行科）

王昭君：这里甚地面了？

番　使：这是黑江，番汉交界去处。南边属汉家，北边属我番国。

---

① 这一段运用了顶真的手法，使文字唱起来朗朗上口，韵律感强。顶真，又称顶针、联珠或蝉联，是指用前一句结尾的字或词作为后一句开头的字或词，比如《木兰诗》里"归来见天子，天子坐明堂"。
② 伫立多时，徘徊半晌：这里突出汉元帝对王昭君的思念与不舍。
③ 阏氏（yān zhī）：匈奴的皇后名号。

特别推荐

王昭君：大王，借一杯酒望南浇奠，辞了汉家，长行去罢。（做奠酒科）汉朝皇帝，妾身今生已矣，尚待来生也。（做跳江科）

番　王：（惊救不及，叹科）嗨！可惜，可惜！昭君不肯入番，投江而死。罢罢罢！就葬在此江边，号为青冢①者。

王昭君不愿离开汉朝，可为了家国大义，她毅然决然地同意嫁给匈奴呼韩邪单于，这是她的勇气。不愿失去自己的气节，傲骨难折，她跳河自杀，既平息了两国间的战火，又保全了自己，这是她的智慧。而这样的王昭君，却生在一个皇帝无能、百官无能的朝代，更显得十分悲凉。

---

① 青冢：一般指王昭君的坟墓。据说是因为北方的草大部分都是白色的，而王昭君墓上的草是青色。

皇帝无能,让我一个弱女子做牺牲

《汉宫秋》的故事源自历史上的昭君出塞。当时汉朝强大、匈奴弱小,汉元帝将王昭君赐给呼韩邪单于,是当时两国和睦、民族友好的表现。《汉宫秋》对这个故事进行了改编,把汉朝写得很衰弱,汉元帝被逼无奈才把自己宠爱的妃子送给了呼韩邪单于。

《汉宫秋》中的汉元帝身为一国之君,不好好治理国家,反而整天想着怎么从民间选取美女来和自己寻欢作乐,最终导致汉朝国力衰弱,不敢和匈奴对抗。面对匈奴的威胁时,汉元帝一点儿主见都没有,只能去询问大

臣，最后不得不送走王昭君。作为一个国家的君主，竟然连自己宠爱的妃子都保护不了，汉元帝可真是太失败了。至于那些朝廷大臣们，在平安无事的时候，他们做高官拿厚禄，等敌人要来进攻了，他们却"深明大义"，斥责汉元帝不分轻重，举全国之力只为一位宠妃。

而王昭君自愿出塞、投河自尽的行为，与汉朝君臣的做法形成了鲜明的对比，更凸显出王昭君的深明大义、坚守气节。

中国历史上有不少朝代的衰弱都是因为君主大臣们的无能，因此，文学史上也有很多反映类似主题的作品。比如唐代大诗人白居易写的《长恨歌》，诗中的唐玄宗"重色思倾国"，整天和杨贵妃沉迷于歌舞酒色之中，不理朝政，结果在安史之乱爆发时，唐玄宗还以为是有人在造谣生事，当然也毫无抵抗之力，只能在将士们的保护下逃跑，靠着赐死杨贵妃来平息士兵们的不满，保全自己的性命。

这些杂剧、诗歌批判朝廷黑暗、君主无能，抒发家国之痛，具有很深刻的现实意义，所以才会流传至今，被人们称颂。

七嘴八舌

王昭君

哼，就算你把我画丑了，我也一样能得到皇帝的喜爱！

我后悔啊！要是能好好治理国家，就不用把爱妃送走了！我悔啊！

汉元帝

毛延寿

你这个单于太不讲理了，王昭君跳河关我什么事，为什么要把我送回去！你太过分了！

来听故事吧

《琵琶记》

忠孝两全真的好难

作　　者：高明
作品年代：元代
体　　裁：南戏
篇　　幅：四十二出
地　　位：传奇之祖、南戏之冠

闪亮登场

赵五娘

性格特点:孝顺贤能、勇敢坚韧

赵五娘是这部剧的女主人公,是蔡伯喈(jiē)的妻子,一个普通人家的女儿。她长得很美,又很贤惠。和蔡伯喈结婚才两个月,蔡伯喈就离开家去京城参加科举考试,她一个弱女子,独自在家照料公婆,却没有一点儿怨言,十分孝顺。

等到家乡闹饥荒时,公公婆婆没饭吃,赵五娘就把自己的首饰拿去卖钱,换粮食回来。为了让公婆能多吃一点儿领来的救济粮,自己吃米糠(kāng)。米糠就是水稻的稻壳,非常粗糙,一般都是用来喂猪喂羊的。

后来,公公婆婆去世,为了给他们办丧事,赵五娘又剪掉了自己的头发去卖钱。对古人来说,头发可不像咱们现在一样想剪就剪。古时有句话叫"身体发肤,受之父母",也就是说身体、头发、皮肤,都是从父母那

里得来的,要是损伤了,就是对父母不孝。而赵五娘却毫不犹豫地剪了头发,可见她对公婆的用心。

　　安葬好公婆后,赵五娘拒绝再嫁,独自前往京城寻找丈夫蔡伯喈,经历了不少磨难,才在机缘巧合下与丈夫相认。别说一路上的艰辛了,只说徒步到京城,就已经很难了,而赵五娘做到了,可见她的坚韧。也正是这样的坚韧精神,使她成了中国文学史上一个光彩照人的贤妇形象。

蔡伯喈

性格特点:忠于爱情、善良孝顺

　　蔡伯喈是这部剧的男主人公,一个有情有义的大才子,十分孝顺,为了照顾父母,不愿去参加科举考试。后来被父亲逼迫参加科举考试并考中状元后,他也没有忘了父母。在参加皇帝表彰他的宴席时,他心里还在惦记着父母,不知道父母此刻在吃什么。同时,他也忠于

爱情,与赵五娘十分恩爱,哪怕后来被迫娶了牛氏,也还时时惦记着赵五娘,挂念她有没有吃饱穿暖。再见到一路乞讨来的赵五娘时,他也丝毫没有嫌弃,反而是为父母和妻子的遭遇悲痛不已。

然而,就是这样一个好儿子、好丈夫,却不得不"背亲弃妇",这也就是《琵琶记》里说的"三不从"或者"三被强":他因孝而不愿意去参加科举考试,而父亲强迫他去;他考中状元,想辞官回家照顾父母,皇帝又强迫他留下;他不愿意再娶,但牛太师却强迫他娶了牛氏。种种矛盾,都是导致蔡伯喈和赵五娘悲惨遭遇的主要原因。

牛氏

性格特点:勇敢聪慧、大度善良

牛氏是牛太师的女儿,也是蔡伯喈考中状元后被迫娶的妻子。她非常善良,又很有主见。在得知蔡伯喈不愿意娶自己而拒绝父亲的要求的时候，她没有恼羞成怒，反而觉得婚姻本来就是要你情我愿，既然蔡伯喈不愿意，那也不用勉强。这在当时是很少见的，一是地位悬殊，蔡伯喈虽考中状元，但毕竟出身寒门，拒绝父亲的求亲，实在"不识抬举"；二是古代女子结婚，只能听从父母和媒人的安排，而牛氏能有自己的想法，还想着去劝说自己的父亲，实在是很勇敢。婚后得知蔡伯喈在家乡还有一位妻子时，她表现得很大度，丝毫没有生气，反而帮着蔡伯喈去劝自己的父亲，把赵五娘接到京城来住。见到赵五娘并得知她的身份后，牛氏非但没有把赵五娘赶走，还让她住在家里，给她出主意试探蔡伯喈，最终让蔡伯喈与赵五娘夫妻团圆。最后，牛氏还跟着蔡伯喈回到家乡祭拜公婆。正是她的大度与善良，才让这个故事有了个圆满的结局。

《琵琶记》就是这么回事儿

蔡文姬，中国古代四大才女之一，大家应该都听说过，但她父亲蔡邕（yōng）的知名度就没有女儿那么高了。蔡邕是汉代的著名文士，字伯喈。《琵琶记》讲的就是关于蔡邕的一个民间故事。

开 端

蔡伯喈是有名的才子，学识渊博，本应该去参加科举考试，谋个一官半职。但是，因为父母年过八十需要有人照料，再加上刚刚与赵五娘成亲，二人十分恩爱，所以蔡伯喈没有去参加科举考试。可是，蔡伯喈的父亲蔡公不乐意，一方面纠正儿子对"孝"的理解，另一方面觉得是赵五娘耽误了儿子，使儿子留恋儿女之情，不肯科考，便催着蔡伯喈去考试。无奈的蔡伯喈将家里的种种杂事托付给赵五娘和邻居张大公后，便独自出发了。

与此同时，京城牛太师家的女儿牛氏正在房里闲坐，突然听见院子里丫鬟们的吵架声，便出去看是怎么回事儿。原来是丫鬟们无聊，荡秋千解闷，因为荡秋千的顺序吵了起来。牛氏训斥了丫鬟几句，看着满园春色，想到自己还没有婚配，心里有点烦闷。这时，张尚书和李枢密都来牛太师府中求亲，但牛太师拒绝了，认为只有状元才能配得上自己的女儿。

发　展

蔡伯喈到了京城并考中状元。牛太师很赏识他，就派人向他提亲，要把女儿牛氏嫁给他。蔡伯喈挂念远在家乡的父母和妻子，怎么也不同意这门亲事，只想辞官回家照看父母。可是，牛太师位高权重，赶在蔡伯喈辞官之前就向皇帝进言，要把女儿嫁给蔡伯喈。皇帝不知道实情，觉得这是一桩美事，就下了旨，使蔡伯喈不仅辞官不成，还要娶新妻。蔡伯喈万般无奈，只好遵命，和牛氏结了婚。蔡伯喈在家里弹琴，心里思念父母和赵

五娘,忍不住唱了出来,被牛氏听到了。牛氏心地善良,听说蔡伯喈家里还有个妻子,就说服父亲牛太师,劝蔡伯喈赶紧把赵五娘接到京城。

而另一边,赵五娘在家侍奉公婆,日子本来就很艰难,偏偏当地又闹饥荒,一家人吃不饱穿不暖。幸好张大公十分善良,将自己家的粮食分了一半给他们,赵五娘又卖了自己的首饰换了些粮食,才勉强有了吃的。为了让公婆吃得好一点儿,赵五娘并不吃米面,而是躲起来吃一些米糠。可公婆以为赵五娘在偷吃好吃的,就在赵五娘吃饭的时候去看,才发现冤枉了她。赵五娘的公婆愧疚不已,再加上身体虚弱,接连生病便相继去世了。为了给公婆办丧事,赵五娘剪断自己的头发去筹钱,被张大公知道了。张大公惦记着蔡伯喈的嘱托,就给了赵五娘一些钱财,帮她安葬了赵家公婆。之后,赵五娘独自一人,带着公婆的画像,前往京城寻找蔡伯喈。

高 潮

赵五娘到京城后,正好遇上弥陀寺大法会,就到寺里想讨些吃的,还把公婆的画像供在了佛前。正好蔡伯喈也到寺里为父母祈福,看见父母的画像,却没找到画像的主人,就把画像带回了家。赵五娘回来发现画像不见了，四处寻问，一路问到了牛太师府上。

牛氏见赵五娘琵琶弹得好，就把她请到府里弹唱。赵五娘知道牛氏是蔡伯喈另娶的妻子，见她十分贤能，就把真相告诉了牛氏。牛氏便带赵五娘与蔡伯喈相认，夫妻得以团聚。

结　局

二人团聚后，蔡伯喈得知父母都已经去世，非常悲痛，就向皇帝辞官，带着赵五娘、牛氏一起回乡守孝，拜祭父母，感谢张大公。后来，皇帝特意下诏，表彰蔡氏一门，又给了许多赏赐。

赵五娘到了蔡伯喈府上,牛氏得知赵五娘就是蔡伯喈在家乡的妻子,就给她出主意,让她在公婆的画像上题一首诗给蔡伯喈看,看看蔡伯喈还认不认这个妻子。蔡伯喈见到画像上的诗后,就追问写诗的人是谁,牛氏这才领出赵五娘,夫妻二人得以相认。

《琵琶记》第三十六出(节选)

牛　氏:姐姐出来。

赵五娘:是谁忽叫姐姐?料想是夫人召,必有分剖。

牛　氏:(唱)是他题诗你还认得否?

蔡伯喈:夫人,他却那里来?

牛　氏:他从陈留为你来寻讨。

蔡伯喈:是你怎地穿着破袄,衣衫尽是素缟①?呀!莫是我的,双亲不保?

赵五娘:(唱)【前腔换头】从别后,遭水旱,②

蔡伯喈:是水旱来。

赵五娘:两三人只道同做饿殍(piǎo)。

---

① 素缟:这里指凶丧之服。素,白色。缟,未经染色的绢。
② 因为赵五娘还没有唱完,便被蔡伯喈接话,所以原文中此处标点为逗号,表示话未说完。蔡伯喈惦记父母,所以当知道家乡发生过灾害时,他迫不及待地打断,想知道自己的父母到底怎么样了。

蔡伯喈：张大公曾周济你么？

赵五娘：只有张公可怜，叹双亲别无倚靠。

蔡伯喈：如何？

赵五娘：（唱）两口相继死，我剪头发卖钱来送伊妣（bǐ）考①。

蔡伯喈：曾葬了不曾？

赵五娘：把坟自造，土泥都是我罗裙裹包。

蔡伯喈：听得你言语，教我痛杀噎倒。

（生倒介②）（旦贴救醒介）

蔡伯喈：（起拜真容哭介）（唱）【山桃红】蔡邕不孝，把父母相抛。爹爹，妈妈，我与别时，也不恁地。早知你形衰耄，怎留汉朝？娘子，你为我受烦恼，你为我受劬（qú）劳③。谢你送我爹，送我娘，你的恩难报也！又道养子能代老。

蔡伯喈、赵五娘、牛氏：这苦知多少，此恨怎消？天降灾殃人怎逃？

赵五娘：（唱）【前腔】仪容想象，是我亲描④。教

---

① 妣考：原指父亲母亲，后指已经去世的父亲母亲。
② 介：与"科"相同，用以说明剧中人物的动作、表情和音响效果。这里的"倒介"就是指台上演蔡伯喈的演员要做出倒下的动作。
③ 劬劳：辛劳。
④ 仪容想象，是我亲描：意思是蔡伯喈爹娘的画像是赵五娘凭借回忆画出来的。

化把琵琶拨，怎禁路遥？丈夫，说甚么受烦恼？说甚么受劬劳？不信看你爹，看你娘，比别时尚兀自形枯槁也。我的一身难打熬。

牛　氏：（唱）【前腔】说着圈套，被我爹相招。逼为东床婿，怎行孝道？姐姐。你为我受波查①，你为我路途遥。丈夫，是我误你爹，误你娘，误你名为不孝也。做不得妻贤夫祸少。

蔡伯喈：（唱）【前腔】捋（luō）却巾帽，解却衣袍。

赵五娘：你急上辞官表，只这两朝。

牛　氏：丈夫，我岂敢惮烦恼？岂敢惮劬劳？归去拜你爹，拜你娘，亲把坟茔（yíng）扪（mén）也。与地下亡魂添荣耀。

---

① 波查：本指困苦、危害，后泛指艰辛、磨折。

蔡伯喈、赵五娘、牛氏:【尾声】几年分别无音耗,奈千山万水迢遥。只为"三不从"生出这祸苗。

赵五娘辛勤照顾公婆,又千里奔波,前来找蔡伯喈,忠贞坚韧。幸好牛氏心地纯良,才让夫妻二人得以相见。而蔡伯喈得知父母去世,便坚持辞官回乡为父母守孝,可见其孝心。

文苑杂谈

自古忠孝难两全

《琵琶记》诞生以来，受到了许多赞誉，连明太祖朱元璋都说："四书五经，如布帛菽①（shū）粟也，家家皆有；高明《琵琶记》，如山珍海错，富贵家不可无。"朱元璋的意思就是说四书五经这些东西，就像平常的布帛豆米一样，每家都有；而高明的《琵琶记》，就像山珍海味，富贵人家里一定要有。将《琵琶记》与四书五经并列，可见其地位之高。而《琵琶记》之所以能得到朱元璋这么高的评价，是因为高明的本意是为了宣扬封建道德，强调伦理的重要性，让老百姓通过看戏受到教化。

然而，高明虽然想赞扬封建伦理，却也没有过分地美化现实，而是真实地描写了赵五娘的悲惨遭遇，从而揭露了当时官场的黑暗，反映了老百姓的苦难生活。比如，牛太师强迫蔡伯喈娶牛氏，官吏贪污官粮导致百姓饿死，等等。

更重要的是，《琵琶记》在一定程度上引发了当时人们对于封建伦理的质疑。蔡伯喈是个孝子，却不得不被

---

① 菽：豆子的总称。

父亲强迫去参加科举考试；中了状元后想要回家乡，却又不得不接受皇帝的命令，与牛太师的女儿成亲，做了一个忠臣，以致没能照料父母，甚至连父母去世都不知道，很久之后才得以回乡祭祀父母。他代表了当时的许多知识分子，要做忠臣，就难以做孝子，而如果在家里孝顺父母，又很难实现自己的政治理想。

《琵琶记》中的赵五娘和蔡伯喈，正是当时社会上千千万万个像他们一样被黑暗的社会现实、不合理的封建道德迫害的人们写照。所以《琵琶记》具有非常深刻的社会价值。

七嘴八舌

蔡伯喈

　　唉，我不想考试，不想当官，不想娶牛氏，人生真的好难啊！

　　牛氏妹妹，你真是太善良了，要不是你，我还不一定能找到老蔡呢，谢谢你！

赵五娘

牛氏

　　蔡伯喈，你竟然还有一个妻子！要不是我大度，早就把你打出门了！

来听故事吧

图书在版编目（CIP）数据

乐死人的文学史. 元代篇 / 窦昕主编. -- 北京：石油工业出版社，2022.3

ISBN 978-7-5183-4912-8

Ⅰ.①乐… Ⅱ.①窦… Ⅲ.①中国文学—古代文学史—元代 Ⅳ.①I209

中国版本图书馆CIP数据核字（2021）第205482号

乐死人的文学史·元代篇
窦昕　主编

出版发行：石油工业出版社
　　　　　（北京安定门外安华里2区1号100011）
网　　址：www.petropub.com
编　辑　部：（010）64523616　64252031
图书营销中心：（010）64523731　64523633
经　　销：全国新华书店
印　　刷：北京中石油彩色印刷有限责任公司

2022年3月第1版　2025年9月第10次印刷
710×1000毫米　开本：1/16　印张：11.25
字数：100千字

定价：48.00元
（如出现印装质量问题，我社图书营销中心负责调换）
版权所有，翻印必究